Sigizmund Krzhizhanovsky

THE LETTER KILLERS CLUB

方军 吕静莲 译

猛犸译丛

字母杀手俱乐部

[俄]西吉茨蒙德·科尔扎诺夫斯基 著

广西科学技术出版社

图书在版编目（CIP）数据

字母杀手俱乐部 /（俄罗斯）西吉茨蒙德·科尔扎诺夫斯基著；方军，吕静莲译 . —南宁：广西科学技术出版社，2021.3

ISBN 978-7-5551-1378-2

Ⅰ.①字… Ⅱ.①西… ②方… ③吕… Ⅲ.①长篇小说—俄罗斯—现代 Ⅳ.① I512.45

中国版本图书馆 CIP 数据核字（2020）第 122063 号

字 母 杀 手 俱 乐 部
ZIMU SHASHOU JULEBU

［俄］西吉茨蒙德·科尔扎诺夫斯基　著
方军　吕静莲　译

策　　划：黄　鹏　　　　　　　　责任编辑：李　杨
责任校对：阁世景　　　　　　　　责任印制：韦文印
装帧设计：黄　海　韦宇星

出 版 人：卢培钊　　　　　　　　出版发行：广西科学技术出版社
社　　址：广西南宁市东葛路 66 号　邮政编码：530023
网　　址：http://www.gxkjs.com

经　　销：全国各地新华书店
印　　刷：广西壮族自治区地质印刷厂
地　　址：南宁市建政东路 88 号　　邮政编码：530023
开　　本：889 mm × 1194 mm　1/32　字　　数：96 千字
印　　张：5.25
版　　次：2021 年 3 月第 1 版　　　印　　次：2021 年 3 月第 1 次印刷
书　　号：ISBN 978-7-5551-1378-2　定　　价：49.80 元

作者简介

　　西吉茨蒙德·科尔扎诺夫斯基（Sigizmund Krzhizhanovsky, 1887–1950）：俄国最伟大的小说家、剧作家之一，堪称"被划掉的大师"。自 20 世纪 20 年代，他独自在莫斯科窄小的公寓里写下三千多页的手稿，然而这些"不可印刷、不合时宜"的作品他生前一直未能出版。1976 年，科尔扎诺夫斯基的遗稿被人从档案馆里发掘出来；1989 年，他的短篇小说第一次公开出版；2010 年，一套五卷本的俄文作品被整理出版。英译本目前有《骷髅自传》《未来记忆》《字母杀手俱乐部》《慕肖森男爵之归来》《第三人：一部三十年代斯大林主义喜剧及其剧评》等。

　　科尔扎诺夫斯基出生于乌克兰，为波兰移民后裔，青年时代在基辅大学主修法学和语言学，并游历欧洲。1917 年俄国革命后，他返回基辅，任教于当地的音乐和戏剧学院，1922 年移居莫斯科，主要靠撰写评论和为《苏联大百科全书》写词条谋生，因讲授戏剧和音乐，在文学界声名鹊起；肃反运动时期，他将自己的手稿藏在朋友家以防不测。他的小说展开了特定背景下非存在物对日常存在的渗透，模糊了睡眠与清醒、真实与虚幻、生与死的界限，将超现实奇幻与"次薄事物"连接。生活中司空见惯的沉闷、可怕的暴力威胁以及存在的焦虑都是他的写作对象。他对当权者冷峻的讽刺与谴责穿插在每一个故事中。

译序

《字母杀手俱乐部》这本书是一个悖论。

它始于对文字的厌倦：书与人开始对立，词语与生命互相敌视，书架与空虚逐渐媾和，一个写作者因为自己凌虐字母、鞭笞词语、杀死构思而忏悔。

作家，本质上是专业的驯词人。如果那些排成行列走来的词语是活物的话，它们肯定会畏惧与憎恨钢笔尖，就像被训练的动物畏惧与憎恨被人高高扬起的鞭子。

书架上、头脑里，文字都已过剩，这种现状一定要打破。你必须在别人的构思里清理出一小块地方，才能容纳自己的构思：每个人都有权利构思——专业的，业余的，都行。

他组织了一个俱乐部。一些隐去名姓，甚至从代号中脱掉有意义音节的构思者（书中没有明说，但应该都是些前作者）每周一次，聚集于此，但他们并不彼此倾诉，也不心理互助，而是残忍地交换各自的"遗腹子"——那些在他们有生之年应该永远保持胚芽状态的构思，把它们强行催生出来，仿佛是他们自己的幽灵回到生前来完成遗愿。

这就是"字母杀手俱乐部"的缘起，也是它最终必然毁灭的根由。

构思者沉默的时候，应当觉得充实；一旦开口，必将感到空虚；用文字将它记录，则堕入悖论。为了消解，或者至少是延迟这一悖论，《字母杀手俱乐部》的叙事者"我"，被设计为一个莫名的被卷入者，一个消极的参与者，一个缺乏写作能力的人，也就是说，一个本来没有能力对文字"施暴"的人，一个文学世界的纯粹旁观者。

我知道一个完美的人选。我们可以把所有的主题都告诉他，丝毫不用担心。他碰都不会碰……因为他笨手笨脚，是费希特所谓的纯粹的读者：是纯粹构思的最佳拍档。

然而，貌似无辜的"我"最终也向词语挥起了"鞭子"。在俱乐部的一位成员拉尔（Rar）形而上地自杀后，记录者的使命突然降临到"我"身上。

词语突然从全部五张嘴里涌出，在钢笔尖的缝里推搡，又饥渴，又不耐烦，它们狂吞墨水，让我晕头转向，从这一行到下一行。黑色书架的空无突然振作起来：我所能做的就只有记下奔涌的形象。

然而，倘若我们相信这个叙事者，那就得承认，他的鞭子所挥向的，并非哀号的词语——动物，而是激越的词语——陀螺，甚至是呼啸的词语——旋涡。不是他驯化了词语，而是词语俘虏了他，鞭打着他，凌虐着他，耗尽了他，并且，对他始乱终弃。

我的习作生涯——开始得如此出乎意料——将会初生即死。永远不要再生。作为一个作者，我非常笨拙，真的——我并不擅长把弄词语；是它们在把弄我，把我征用为一件复仇的武器。既然它们的意志已经达成，我也就会被抛弃。

那么，"字母杀手俱乐部"失败了么？
是的。
失败了。

词语是恶毒的、顽强的——想要杀死它们的人，会被它们更早杀死。

从一开始，"字母杀手俱乐部"所陷入的悖论就注定了它终将自我拆解、自我毁灭。它用不可能的努力，逼近词与物断裂的深渊，却最终被词语反噬。

然而，别忘了，《字母杀手俱乐部》不是一篇论文，而是一部小说。小说有无视悖论的特权，小说有高于悖论的特权，小说有融于悖论的特权，小说甚至可以有悖论本身的特权。《字母杀手俱乐部》把成功建立在自身的失败上，成就了一部前渺古人后罕来者的、奇特的、诡异的、反身的形而上小说。

读者啊，请原谅我越出译者的本分，对《字母杀手俱乐部》的成功与失败横加指点。因为，词语那抽打"我"的鞭子也抽打了我——作为一个译者，同时也是写作者的我。因为，同科尔扎诺夫斯基一样，我们都是被词语所困的人。

1887 年，西吉茨蒙德·多米尼科维奇·科尔扎诺夫斯基（Sigizmund Dominikovich Krzhizhanovsky）出生于乌克兰基辅附近一个信奉天主教的波兰裔家庭。他曾就读于基辅大学，学习法律和古典语言学。从 20 世纪 20 年代开始，他活跃于莫斯科的文化圈，动荡不宁地从事多种职业（编辑、翻译、舞台编剧、莫斯科室内剧场表演工作室的讲师、苏联大百科全书的校勘、广播电台的助理研究员等）。在二十多年的写作生涯中，他写下大量剧作，有关于莎士比亚和戏剧哲学的随笔，还有上百篇实验性的散文作品，体量不一，从中短篇小说到只有一段的微型小品都有。

据说他的手稿有 3000 多页，但都以私人阅读的方式在文化圈中流传，在 1950 年他去世前几乎没有出版过一本书。他自嘲"因不为人知而小有名气"。1976 年，作家兼学者瓦季姆·佩雷尔穆特（Vadim Perelmuter）重新发现了他。1989年，科尔扎诺夫斯基的一部小说得以出版，随后是五卷本文集的问世。这位被忽视、被遗忘的作者一鸣惊人，被评为 20世纪最伟大的俄语作家之一。

科尔扎诺夫斯基的作品受果戈理、切斯特顿、威尔斯、爱伦·坡、霍夫曼等作家的影响。虽然他绝无可能看到博尔赫斯的作品，但却与之有不少相似之处。他和博尔赫斯一样，慑服于词语的力量，乐于通过小说处理观念，对人类心智的运作充满兴趣，以文学的手段对世界的可能性与不可能性加以探索。

科尔扎诺夫斯基的小说，背景往往是抽象的空间，充满形而上的虚构，模糊词与物、观念与尘世的界限，但又不乏魔幻、幽默与讽刺。《字母杀手俱乐部》是他最具野心的作品，写于 1925 年至 1927 年间。他曾经将其片段给朋友与同行朗读，但在寻求出版时被拒。大约因为这部作品的气质与当时苏联文坛的大气候格格不入——高尔基曾经看过他的几篇小说，称其对工人阶级毫无价值，更适合 19 世纪晚期，而不是当代苏联。

《字母杀手俱乐部》分为七章，第一章为楔子。"我"访问著名作家泽斯（Zez），意外得知其已散尽藏书、摒弃写作。泽斯的讲述中包含科尔扎诺夫斯基的诸多自传性细节（如卖书换取路费赶回基辅参加母亲葬礼），但这一角色更应被视为一种观念的化身。泽斯将"我"引入一个隐秘的小型俱乐部，俱乐部每周六聚会，成员遵循摒弃文字的规则，自称构思者，彼此之间甚至不称呼名字，只使用代号，而代号是极度简单的无意义音节。

第二章到第六章，每一章均描写了俱乐部的一次聚会，由一个成员讲述自己的构思，其他的成员或辩论，或驳诘，或哂笑，或步步紧逼，或旁逸斜出。章节主题跳跃性极大：第一次聚会的构思是莎士比亚话剧《哈姆雷特》的同人剧作，其中的一个角色吉尔登斯吞被讲述者"一折两段"，变为两个角色，随后进入角色之国。那是一个非存在的空间，现实剧场中历代演员对剧中人物的每一种扮演都会在其中投下对应物，而角色就要在这个国度里寻找自己的位置。这一剧本很容易让人联想到皮兰德娄的《寻找剧作家的六个角色》，但抽象性更强。第一个构思随着聚会结束被生生中断。

第二次聚会的构思者讲述了中世纪法国南部乡村的愚人庆典，一个女人被命运控制的贞洁与淫荡，一个吟游神父的荣辱与生死，一个音乐家对古乐谱的追寻与发现，每个故事都在关键时刻中止。不论是这一章，还是整本小说的拼贴手法，都让人不禁想到卡尔维诺的《寒冬夜行人》。

第三次聚会的构思最长，也最完整，是一个典型的威尔斯式反乌托邦小说，其叙述风格也让人联想到弗里茨·朗导演的著名电影《大都会》（这部电影 1926 年在德国上映，不知科尔扎诺夫斯基是否看过或听说过）。科学家发现弧菌属噬菌体可用于解除人脑与身体的联系，这一发现首先被用于精神病患者，随后被少数统治者广泛利用，制造出大量身体不接受大脑命令而被中央控制器发射的以太风操控的形同僵尸的人。这个故事同大多反乌托邦小说一样，在恐怖与绝望中收场，比《大都会》更残酷、更冷峻。

第四次聚会讲述了中世纪背景下三个浪游者（他们也用颠倒回环的无意义的音节作为名字）的荒诞之旅，其叙述节奏和母题都遵循欧洲民间故事的规则，但更加荒腔走板、唐突无稽。

第五次聚会讲到一个古罗马的死者，由于种种原因，他被困于冥河之前，处于不生不死的境地。其核心意象"死者口中的欧布"似乎对作家自身的处境有所隐喻。

第六次聚会没能实现。因为故事已经来到了小说的最后一章。俱乐部的一位重要成员突然自杀，俱乐部暂时关闭，而"我"一方面对俱乐部充满厌恨，另一方面又受到隐秘的吸引。死亡的冲击令"我"突然开始记录，写下这荒诞的一切。整部作品至此戛然而止。

科尔扎诺夫斯基写作时始终在探索词语、观念的边界，往往把读者带往存在断裂的深渊边缘。而他的命运终局，几乎是他作品的现实投影。

在多次寻求出版均未获成功之后，20 世纪 30 年代的科尔扎诺夫斯基事业跌入低谷。二战中，德军入侵苏联逼近莫斯科时，他拒绝疏散。同其他一些被边缘化的作家类似，战争期间他的文学活动居然获得了较大的认可。例如，他的歌剧剧本《苏沃罗夫》在 1943 年上演，成为鼓舞战时士气的节目。但随之而来的是二战后苏联文化界的全面压抑。他的作品没能出版，剧本也无法上演。事实上，他逐渐停止了原创性的写作，并从文学团体中退出。根据他的妻子安娜·布夫什克（Anna Bovshek）的说法，他感觉自己是一个"过气的演员、失败者，羞于自己的角色，但同时还没有停止相信自己这些无用的作品，以及自身的创造力"。

1949 年的一天，妻子安娜发现丈夫坐在扶手椅中看报纸，突然露出茫然的表情，面色苍白而恐惧，喃喃自语："我看不明白……我什么都看不懂了……一只黑色渡鸦，黑色渡鸦……"一场中风袭击了他大脑左半球掌管视知觉的某些区域，剥夺了他辨认字母的能力。

安娜把丈夫送往医院。"他还能写字，"后来她记录道，"但无法读出自己写的东西，总而言之，他完全无法阅读了。"把他翻译的波兰浪漫主义诗人密茨凯维奇的诗作校样放到面前，他却认不出那打印出来的文字是一种语言。

医生得知他是一位作家，询问他："你爱普希金吗？"

他结结巴巴："我……我……普希金。"然后他无助地落泪，像个孩子一样哭泣。

失去语言能力，这是作家最可怕的命运。生命的最后阶段，作为作家的科尔扎诺夫斯基变成了非存在。

是的，这些墨迹犹湿的纸张教给我许多：词语是恶毒的、顽强的——想要杀死它们的人，会被它们更早杀死。

是的，这就是全部，我的笔墨已经见底。我又没词儿了——永远。这四个夜晚的狂喜已经从我身上取走了一切：我被挖空了。但我还是写下了少数几个瞬间——只因短暂，才得留存——它们摆脱了我的轨道，走出了我的"我"！

在此——我要归还词语；全部归还，除了那一个：生活。

这是《字母杀手俱乐部》的结尾，包括这整本小说，都是一个可怕的谶语，一个绝望的隐喻。

　　"词语是恶毒的、顽强的",作家科尔扎诺夫斯基也许并没有真正想过要杀死它们,但却被它们提前杀死。在那失语中,作家科尔扎诺夫斯基"归还了全部词语",他是否给自己留下了"那一个"(生活)?我们不得而知。那必定是来自爱伦·坡的黑色渡鸦,犹如冥神,牵引着作家科尔扎诺夫斯基走出了角色的国度、词语的国度、存在的国度。

方军

2019 年 11 月 18 日

　　方军:毕业于南京大学,媒体人。与妻子吕静莲合作翻译小说、游记、艺术哲学等著作十余部,如《大卫·米切尔》(大卫·米切尔著)、《世界——半个世纪的行走与书写》(简·莫里斯著)等。

1

"溺死者上方的气泡。"

"什么？"

一片三角形的指甲如滑奏般快速拂过书架上凝视着我们的那些肿胀的书脊。

"我说，溺死者上方的气泡。一头扎进水池，你的呼吸会变成气泡升上水面：膨胀，爆裂。"

说话者再次检阅沉默地聚集在墙边的书的队列。

"你会说，就连气泡也能抓住阳光、天空的蔚蓝、海岸的绿色曲线。也许是吧。但是，对于那个沉到底、嘴啃泥的溺死者来说，这有何意义？"

突然，仿佛与某个词语不期而遇，他站起身，把胳膊肘探到身后用手抓住，开始在书架与窗户间来回踱步，只是几乎不看我的眼睛。

"是的，我的朋友，请记住这一点：图书馆书架上每多一本书，就意味着生活中少了一个人。如果我必须在书架与世界之间做出选择，那我会选世界。气泡见了天日——人就沉到了底？不，我可谢谢您了。"

"但是您，"我犹犹豫豫地问道，"您带给大家那么多本书。我们都习惯了读您的——"

"我给过，但不会再给了。已经两年了，我没写过一个字儿。"

"我听说过，也看到有人写到，说您正在完成一部新的大作——"

他总是打断别人。"大作？不好说。新作，这倒没错。但是，我确实知道，那些谈到和写到我的人，他们再也别想从我这儿拿走一个字符。明白吗？"

我的表情明显是一片茫然。犹豫片刻后，他回到扶手椅前，把它拖到我面前，坐下来，几乎促膝相对地审视我的脸。在折磨人的沉默中，时间一秒秒地过去。

他在我脸上搜寻的样子，就像是在一个房间里搜寻被遗忘之物。我站了起来。

"我注意到，您周六的晚上总是很忙。天色已晚。我走了。"

他用僵硬的手指攥住我的胳膊，不让我走。"没错，我的周六确实不向他人开放。但今天我会向你展示：周六。你得留下来。不过，你将看到的东西需要一点背景知识。待会儿就我们俩时，我会给你简单描述一下。你可能不知道，在学生时代我很穷。我的第一份手稿把我的钱包榨得干干净净，花钱用邮包寄出去，却总是被退回我的书桌抽屉里，破烂烂，脏兮兮，盖满邮戳的'淤青'。书桌是我小说的墓地。此外，房间里就只有一张床、一把椅子、一排书架——延伸到整面墙的四条长板，被文字的重量压弯。壁炉里通常没有木柴，而我没有食物。但我尊敬我的书，正如某些人尊敬他们的圣像。卖书？我连想都没想过，直到……直到一封电报飞来：母亲周六去世。等你送葬。速归。一天早上，这封电报向我的书发起进攻，到傍晚时，书架就空了。我把自己的'图书馆'换成了三四张钞票，揣进口袋里。给我生命的那个人的死，对我是一个沉重的打击。总是如此，对每个人都是：像是你生命中的一个黑色的楔子。

　　"处理完丧事，我又经过一千多公里的旅程，回到自己简陋居所的门前。离开那天，我就同周遭的一切脱离了关系——直到现在，我才感觉到光秃秃的书架的冲击。我记得自己脱下外套，坐到书桌前，转头面向空虚的四块木板。那些木板虽然从书的重压下获得了解放，却仍然弯曲着，仿佛被那空虚压弯。我试图把目光转向别处，但房间里只有床和书架。我脱衣，躺下，试图睡去，以摆脱抑郁。没用。才睡了一小会儿，那感觉又把我弄醒了。我脸冲书架躺着，看见一道颤抖的月光在裸露的书架上摇曳。在那无书的所在，某种几乎难以察觉的生活似乎展现在我面前——胆怯地闪烁着微光。

　　"当然，这一切都在拨弄着过于紧张的神经——等到黎明松开调音弦轴时，我终于可以平静地审视书架上溅满阳光的空无，坐到书桌前，继续日常的工作。需要查阅资料时，我的左手（不自觉地）想伸向一本书的书脊，却只摸到空气，一次，又一次。我气恼地凝视那无书的所在，那里充满被阳光照亮的成群、成团的尘埃，我试图——竭力回忆——看到我想要的页面与行句。但想象的封面里想象的文字一直在躁动：我没有发现想要的行句，却看到词语在乱哄哄地蹒跚，句子不住断裂，崩碎成众多变体。我选中一个，小心翼翼地插进我的文本里。

"夜晚降临，结束劳作去休息时，我喜欢平躺在床上，捧着沉重的塞万提斯，目光从一章跳往另一章。书不在。我记得它曾立在书架底层左边角落，黄色边角的黑色皮面紧贴着卡尔德隆①自传的红色山羊革封面。我闭上眼睛，试图用想象让书出现在面前——在手掌和眼睛之间（被抛弃的情人也这样重逢旧爱——在紧闭双眼和专注凝神的帮助下）。奏效了。我在脑中一页页地翻动它，但随后我的记忆就丢了一些字儿——它们混成一团，从视线中消失。我朝它们呼喊，一些词回来了，其他的则没有。于是我开始往缺口里填字，

---

① 卡尔德隆（Pedro Calderón de la Barca, 1600—1681），西班牙军事家、作家、诗人、戏剧家，西班牙文学黄金时期的重要人物。代表作品为剧作《人生如梦》。

插入我自己的词语。终于被这游戏折腾累了，我睁开眼，发现自己被黑暗包围，一种舒适的黑暗填塞了房间和书架的犄角旮旯。

"那时，我有许多闲暇时间——并且越来越频繁地用去掉了书的书架的空虚玩起游戏来。书架一天天变得更加繁盛，充满了文字构成的幻影。我既没有钱，也没有欲望去书报亭和二手书店寻找文字。我从自己脑子里一把把地提取出字、词、句：我掏出自己的构思，在心里印刷它们，描绘它们，用精心考虑过的封面包裹它们，然后把它们整齐地立在书架上，构思挨着构思，幻影挨着幻影——充满那片自足的空虚，黑色木板接纳了我给它们的一切。一天，有个人来还书，正打算把它放上书架，被我叫停：'没地儿放了。'

"这位访客和我一样，也是个穷鬼。他知道行为古怪是快饿死的诗人唯一的权利……他冷静地打量我，把书放到我的书桌上，问我是否愿意听他的诗。

"把他和他的诗都送走并关门后，我马上就把那本书放到视线之外：隆起的书脊上花哨的金色字体已经打扰到了我勉强建立的构思游戏。

"同时，我继续写作我的手稿。一沓新稿纸被送往老地址，并且没有被退回来，这可真让我吃惊：我的小说被接受了，付印了。事实是，纸张和油墨构成的书籍没能教会我的，我却从三立方米的空气中学到了。现在我知道该怎么做了：我一本接一本地取下我想象中挤满黑暗空虚旧书架的书籍和幻影，把它们无形的字母浸入普通的墨水，把它们变成手稿，把手稿变成钱。渐渐地——在许多年里——我出了名，有了越来越多的钱，但我那个幻影'图书馆'则逐渐枯竭：这书架的空虚，我用得太快、太随意了。那空虚缺少补给，日益枯竭，正在变成普通的空气。

"现在，你能看到，原来那个寒酸的房间已经变成了一间装饰体面的公寓。被弃用的空虚运来书籍，重新填满了旧书架，紧挨着它们又有了许多带玻璃门的大书柜——这里，这些。惯性对我有利：我的名字为我持续吸金。但我知道：卖出去的空虚迟早会来报复。作家，本质上是专业的驯词人。如果那些排成行列走来的词语是活物的话，它们肯定会畏惧与憎恨钢笔尖，就像被训练的动物畏惧与憎恨被人高高扬起的鞭子。或者打个更好的比方：你知道俄国羊羔皮的制作工艺么？供应商有自己的术语：搜寻未出生的羊羔的毛发图形，等找到所需的卷毛组合，就杀掉羊羔——在它们出生之前，他们把这叫作'揪住图形'。我们这些布置陷阱的杀手，正是如此处理我们的构思。

"当然，即便在当时我也没那么天真；我知道我正在变成专杀构思的杀手。但我能做什么呢？人们摊着手掌围住我，我不停地抛给他们满把的字儿。他们只想要更多。我被墨水浸醉，时刻准备着——不论付出怎样的代价——挤出越来越多的主题。但我被掏空的想象再无东西可给。就在那时，我决定用已被证明有效的老办法人为地刺激它。我在公寓里腾空一个房间……来吧，我带你看看，一看就明白。"

他起身。我跟着。我们穿过一串房间。一道门，另一道门，一条走廊——他领着我走到一扇锁着的门前，它藏在与墙壁同色的一块门帘后面。钥匙开锁的咔嗒声很响，然后，他打开灯。眼前是一个方方正正的房间：对着门的尽头是一个壁炉，周围摆着七把沉重的雕花扶手椅，黑毡覆盖的墙边是成排的黑色书架，全都空空荡荡。铸铁火钳靠在壁炉挡板上。这就是全部了。我们踏过没有图案、吸掉声息的地毯，走到椅子围成的半圆形里。主人向我做了个手势："坐吧。你可能好奇为什么是七把椅子。起初这里只有一把椅子。我来这儿同书架的空虚进行交流。我向那些黑色的木头洞穴探问主题。每天傍晚，我都会耐心地把自己关在这里，同沉默与空虚一起，等待。书架的黑色漆面闪烁微光，死寂而陌生，不愿作答。于是我，一个专业的驯词人，又回到了墨水瓶的前面。最后期限临近了，我却没有任何东西可写。

"噢，我多么憎恨所有那些家伙，他们用裁纸刀划开最新的文学期刊，以千万双眼睛包围我被鞭笞、被耗尽的名字。

我只记得一件小事：一条街，一个小男孩，在结冰的人行道上叫卖用来贴在橡胶套靴上的字儿（'左'和'右'①），我的第一个想法是：他的字儿，我的字儿，最终都会被踩到脚下。

"是的，我有感觉，我和我的文学都被践踏，变得毫无意义。如果不是因为身体出现问题，几乎不可能找到一个合理的解决方案。生病让我在相当长的时间里，突然艰难地失去了写作能力：我的无意识这才能够放松，赢得时间，收聚意义。我记得，在我身体仍然虚弱，同世界的联系若断若续时，我最终打开了这个黑暗房间的门，走到这把椅子旁，再次审视那无书的空虚，而它开始说话——轻柔，难以听清，但仍然在说，仍然在说——它又愿意对我说话了，我还以为那样的日子一去不复返了呢！你知道吗，对我来说，这是多么——"

他的手碰到我的肩膀——马上就弹开了。

"不过，我们没有时间抒发感情了。它们马上就会来的。所以，回到事实吧。我现在知道了，我的构思所需要的是爱与沉默。我曾经肆意挥霍幻影，现在我开始囤积它们，隐藏它们，躲开窥探的眼睛。我把它们全都保存在这儿，关门上锁。我无形的图书馆重新浮现：幻影挨着幻影，成套作品挨

① 可能是因为套靴难分左右，才有这种标记。

着其他作品，各种版本挨着别的版本——它们开始充满这些书架。来，看一会儿这儿——不，中间那层书架的右边——你什么也没看到，不是吗？而我……"

我机械地挪到旁边。主人尖锐的眸子里颤动着高烈度、高浓度的喜悦。

"是的，然后我下定决心：关上墨水盒盖子，回到这个自由、纯粹、未经证实的构思的王国。有时，积习将我引向纸张，笔下泄漏出词句，但我会杀掉这些畸形儿，无情地处理掉自己旧有的写作方式。你听说过圣方济各的花园么？在意大利，我经常去那些地方：只有一两个花坛的小花园，一米见方，藏在坚固的高墙里面，几乎每个圣方济各修道院都有。按传统，那里是不让外人参观的，而现在，只要给几个银毫，你就可以从外面透过隔栅看。过去，就连这样看都不许。花长在那里——如圣方济各所愿——不是为别人，而是为它们自己。禁止采摘，也不许移植到围墙外面；没有发誓修行的人不得踏足花园，甚至不被允许观看花园：不被俗人触碰，远离目光与刀剪，它们可以为自己开放，为自己吐芳。

"哦，我决定——我希望你不会觉得这很奇怪：培植一个花园，将它禁闭在沉默与私密中，里面有我所有的构思，所有最精妙的幻影，最丑怪的发明，远离他人的目光，为自己生长、开花。我憎恶沉甸甸地垂挂着的水果及其粗糙的果皮，它们会折磨树枝，使之凋萎；我想让自己微小的花园包含一种永远不落叶也不结果的意义与形式的结合！别以为我是个不能走出自己的'我'的利己主义者，也别以为我是个憎恨一切非自己的构思的愤世嫉俗者。不，在这个世界上，我真正讨厌的只有一件事：文字。任何人，只要能够并且愿意穿过这层秘密，来这纯粹构思的花园里生活和工作，我都欢迎他，视他为兄弟。"

他沉默片刻，盯着扶手椅的橡木椅背，椅子环绕着他，像是在专注地聆听。

"渐渐地，来自作者与读者的世界里的受选者聚集于此，这没有文字的所在。我这构思的花园并非向所有人敞开。我们是少数人，并将变得更少。因为空虚的书架的重负是艰巨的。而且，还——"

我试图反驳："如您所说，您没收的文字，不仅来自自己，也来自其他人。我想提醒您，别忘了那些摊着的手掌。"

"哦……你知道，歌德曾经（对爱克曼①）把莎士比亚描述为一棵过分生长的树，疯长了足足两百年，扼杀了全部英语文学的生长；三十年后，伯尼②说歌德是'扩散到德语文

---

　　①　爱克曼（J.P. Eckermann，1792—1854），歌德晚年的秘书，《歌德谈话录》的作者。

　　②　伯尼（Karl Ludwig Börne，1786—1837），德国犹太政治作家和讽刺作家，以对歌德的攻击出名。

学全身的巨型癌症'。这两个人都是对的。如果我们的文字
化让彼此窒息，如果作者互相阻碍写作，他们会让读者甚至
连想法都无法形成。读者没有机会拥有想法，他们的权利被
对此事更擅长、更有经验的专业人士篡夺：图书馆碾碎了读
者的想象，老雕虫们的小圈子的专业写作把书架和头脑填塞
至爆炸。书架上、头脑里，文字都已过剩，这种现状一定要
打破。你必须在别人的构思里清理出一小块地方，才能容纳
自己的构思：每个人都有权利构思——专业的，业余的，都
行。我会给你拿来第八把扶手椅。"

他没有等我回答，就快步走出房间。

我被独自留下，再次扫视这个消除了脚步与词语之声的
黑色圣所，还有那些被空虚环绕的书架。一种不安的迷惑在
心中不断增强，就像是动物要被活体解剖时的感觉。"对他，
或者他们来说，我算什么？他们的构思有什么用得着我的地
方？"我决定探个究竟。当门再次打开时，进来了两个人：
我的主人，还有一个戴眼镜的、红色短发的圆脸男人——他
柔弱得好像没有骨头的身体倚着一根手杖，站在门口，透过
圆圆的镜片打量我。

"这是达斯（Das）。"主人介绍他。

我说了自己的名字。

达斯后面，第三个人出现了：一个精瘦的小个子，针一

样的眼睛下面，牙关紧咬，肌肉抽动，一条小口子权当是嘴。我们的主人转头对着他。

"嘿，泰德（Tyd）。"

"嘿，泽斯（Zez）。"

注意到我困惑的眼神，被叫作泽斯的人突然大笑起来。

"我们谈话后，你就会理解，作者的名字没有容身之地，在这儿。"他把"这儿"说得很重。"让它们留在扉页上吧，我们这个兄弟会的成员每人都有一个'无意义音节'。一位有学问的教授艾宾浩斯[①]，在研究记忆法则的时候，依赖于他所谓的'无意义音节'：他随意取出一个元音，在前后各加一个辅音，就这样制造出一系列音节，全都不带有任何意义。他用来研究记忆过程的东西，我们更多用来……好吧，这没必要细说。不过，其他的构思者在哪儿呢？已经到点儿了。"

有敲门声传来，仿佛是在回应他。进来了两个人：西格（Hig）和莫弗（Mov）。过了一会儿，又进来一位，一边呼呼喘气，一边擦汗：他的绰号是费弗（Fev）。只剩下一把空椅子了。最后一个人终于来到：他面部轮廓柔和但眉型陡峭。

"你迟到了，拉尔（Rar）。"会长对他说。拉尔抬起眼睛，目光深远又恍惚。

---

① 赫尔曼·艾宾浩斯（Hermann Ebbinghaus, 1850—1909），德国心理学家，提出著名的艾宾浩斯遗忘曲线。

2

有那么片刻，一片沉默。每个人都望着莫弗，看他蹲在壁炉前生火。他迟缓的动作叫人想起某种仪式，我借此机会仔细打量他。他比其他人年轻得多。迅速升起的火光在他脸上舞动，勾勒出不断变幻的轮廓：惹人注目的嘴巴，敏锐地颤动着的鼻孔。当木柴的噼啪声变成嘶嘶响，会长捡起铸铁火钳，敲打木头。"注意了，字母杀手俱乐部第七十三次周六聚会现在开始。"然后，他朝门口慢慢走去，故意拖长这仪式。咔嗒，咔嗒。钥匙在泽斯摊开的手掌里闪着光。"拉尔，钥匙和场地都交给你。"

过了一会儿，拉尔说："我构思到第四幕，题目是 *Actus Morbi*（拉丁文，意为'一种疾病的历史'）。"

会长将脖子往前一探。

"不好意思，没听明白。是一个剧本吗？"

"是的。"

"我知道。你总是同俱乐部的传统对着干。我认为你是有意的。戏剧化，就是粗俗化。为舞台而设计的构思是苍白的，也不够……丰赡。你总是想要从锁眼里溜出去——并且溜掉：从壁炉的灰烬到舞台上的脚光。小心那些脚光！还有，我们才是你的听众。"

　　开始陈述故事的那个人脸上毫无表情。被打断后，他平静地听完这番抨击，然后继续："莎士比亚的著名角色①问，他的灵魂是否比一支笛子更容易玩弄，后来，他丢掉了那根笛子，却留下了他的灵魂。这就是我的看法。这里仍然有某种相似性。要让竖笛发出最低沉的音调，就必须堵上它的全部通风孔——那些通往外界的窗口；要洞悉一颗灵魂的深度，也必须关闭它全部的窗口——它通往世界的出口。我的剧本就试图这样做，我要告诉你们，我的《一种疾病的历史》并没有分成许多'幕'，而是（按照哈姆雷特喜欢的那种语言的精神）分成许许多多的'姿态'。

　　"现在，谈谈我对角色的塑造。在《哈姆雷特》里，有个双重角色一直让我着迷，让我想到一个有机细胞分裂成两个并未完全分离的子细胞。我指的是罗森格兰兹（Rosencrantz）与吉尔登斯吞（Guildenstern）②。他俩是秤不离砣，不能分开想象，就其本质而言，他俩是一个角色被复制到两个笔记本里。分裂的过程三百年前就开始了，我打算把它再往前推进一步。模仿那位为了戏剧效果而把哈姆雷特

----

①　即哈姆雷特，语出《哈姆雷特》第三幕第二场。
②　罗森格兰兹与吉尔登斯吞，《哈姆雷特》中的角色，原本是哈姆雷特的朋友，后被丹麦国王指派护送哈姆雷特去英国。

的笛子一折两段的乡下悲剧演员 [1]，我抓起吉尔登斯吞（就他吧），把这半个存在再一折两段，变成两个角色：吉尔登（Guilden）和斯吞（Stern）。奥菲利亚（Ophelia）这个名字及其组合的意义，现在从喜剧的角度认作菲利亚（Phelia），从悲剧的角度认作菲厉亚（Phelya）。因为，假使如今给谁的头顶戴上苦芸香的花环，箍上卷发纸，就得一分为二地看待他。

"所以，现在就开始游戏吧。第一步，四个棋子进入游戏。让它们在一个想象的舞台上四处移动，像一个不看棋盘下棋的棋手，我到了接下来的——"

拉尔突然停了片刻。他白皙得近乎透明的修长手指在空气中摸索，似乎在测试其材料的可塑性。

"如他们所说：'场景设置在……'哦，总之……"

斯吞，一个年轻演员，把角色同自己锁藏在一起。甚至不用独白，这个角色也能被探测到：一件黑色斗篷挂在一把扶手椅椅背上；书桌上——在成堆的书与艾森诺王子的画像中间——放着一顶黑色的贝雷帽，上面插有一根残破的羽毛。另外，还有一件紧身上衣和一个衣架。

---

① 此处指布思。布思（Edwin Booth，1833—1893），美国戏剧演员，16岁登台，1869年建立布思剧场。他扮演的哈姆雷特被评论家描述为会"在膝盖上折断笛子，把碎片丢掉"。

斯吞（*没刮胡子，满面倦容，用细剑尖轻拍半闭的窗帘*）：
一只老鼠。

*有人敲门。眼睛没离开剑尖拨动的窗帘，**斯吞**用左手拨开门闩。**菲厉亚**进场。*

"我们看到她：可爱的脸蛋，带酒窝的面颊，在戏里总是被两个人爱着，但迫切的心理需求是二中选一。"

斯吞（*没有看到她进来*）：一只老鼠！
***菲厉亚**因为恐惧而拉起裙子。两人对话。*

斯吞（*没有朝尖叫的**菲厉亚**转过身去*）：
别老拧着你的手，你坐下来，
让我拧拧你的心，我一定拧。

他把窗帘猛地往后一拉。窗台上没有波洛涅斯[①]，而是两个空瓶子和一个单灶煤油炉[②]。

———————————

①　波洛涅斯，《哈姆雷特》中的角色，丹麦的御前大臣，后死于哈姆雷特的剑下。

②　以上描述为典型的苏联时期的生活用品：瓶子用来回收或继续使用，单灶煤油炉用在公共厨房里煮饭烧菜。

一个落魄、褴褛的国王，

生前是个愚蠢饶舌的家伙，

来吧，先生，让我把你拖向结局。

他在过道里撞上了菲厉亚。

菲厉亚：你这样要去哪儿？连上衣都不穿。清醒点！

斯吞：是你吗？哦，菲厉亚，我……要是你知道……

菲厉亚：我完全知道我的角色。可你呢——你是个大笨蛋。别再念诗了——现在又不是在舞台。

斯吞：你确定？

菲厉亚：现在，别想说服我，别告诉我是另外一回事。哪怕有一个观众，我也不会这样做（*踮起脚尖，吻他*）。噢，这样吵醒你了吗？

斯吞：亲爱的。

菲厉亚：终于来了一个不是角色说的词儿。

"在此，我必须打断这令人厌倦的爱情回合：你们需要知道，此时菲利亚比斯吞的对手与替身吉尔登更接近斯吞。她想要斯吞去赢得那个角色。无论如何，我都能断言：对话在展开，它让棋子更接近棋子，斯吞更接近菲厉亚。因此，舞台指示是：前括号，亲吻，后括号，句号。这一次也适用于斯吞，那个吻不是发生在角色之间，而是在现实中。好好看一眼。现在把目光微微向左移。"

*之前半开着的门，猛地被打开，**吉尔登**进来。*

吉尔登（*笑得有点邪邪的*）：旁观者不受欢迎。我马上就走。

*当然，那对恋人要留住**吉尔登**。一分钟尴尬的沉默。*

吉尔登（*扫视零落散乱的书*）：我知道，角色并不那么顺从，像……（*看了一眼**菲利亚***）莎士比亚。嗯。不像在莎剧里。又是莎士比亚。顺便说一下，刚才在电车上，有个傻瓜注意到我口袋里伸出来的剧本，他故作友好地评论道："有人说莎士比亚不存在，可是看他留下了多少剧本啊；现在，要是他存在，那剧本的数量很有可能……"他还用那种白痴一样的好奇眼光盯着我看。

***菲厉亚**笑了。**斯吞**仍然一脸严肃。*

斯吞：他可能是个傻瓜，但是……你怎么对他说？

吉尔登：没说。电车停了，我必须下车。

斯吞：你知道，吉尔登，不久以前，你的废话还因为纯粹的愚蠢而让我震惊。但现在，有差不多三个星期，我挣扎着在非存在中生存，占据一个角色——该怎么说呢——一个你会说没有自身生命的角色。现在我对一切"存在"和"不存在"的说法都非常小心。你看，在它们之间，只隔着一个"或"字。每个人都喜欢选择。某些人已经做出选择：一些选择为存在而努力，另一些则选择为不存在而努力。越过脚灯线就像越过海关：为了获得在灯光的另一边暂留的权利，你必须付出一些代价①。

吉尔登：我不明白。

斯吞：啊，但理解并不是一切。你还必须下定决心。

菲厉亚：你已经下定决心了？

斯吞：是的。

吉尔登：你是个怪鸡。如果我们告诉泰姆尔，他会哈哈大笑。尽管我们这位赞助人近来相当严厉。昨天，你又没参加排练，他大发雷霆。这就是我来找你的原因，我要提醒你，如果今天你还打算在排练时再次"不存在"，泰姆尔已经威

---

① 职责，原文为 duties，也有"关税"之意。

胁要——

斯吞：我知道。随他便。我什么也没有，你懂的，我没有什么东西，更准确地说，没有什么人可带去参加你们的排练。除非角色到我这儿来，除非我就在这儿看到它，就像我现在看到你一样，否则我就没必要参加你们的聚会。

菲厉亚恳求地望着斯吞，但他已经沉浸在自我中，看不见也听不见了。

吉尔登：可是，应该有一些外部的目光。首先是导演的，然后是观众的——

斯吞：垃圾。观众，把他们的衣服从衣帽间的钩子上取下来，让衣服坐进剧院，而把这些观众挂到衣帽间的钩子上，这样艺术就不会受苦了。至于导演，你说到他的眼睛，我会把它们挖出去——从剧院挖出去。让它们见鬼去吧！一个演员需要他角色的眼睛。只需要这个。如果哈姆雷特走进来，用他的眼睛搜寻我的瞳孔，对我说话——你懂的，我的朋友，别发火，我必须工作。我迟早会把他唤来，然后……离开。

吉尔登：菲厉亚，你听到了吗？刚才他对我们说话的口气还真像个王子。我们最好走吧。15分钟后排练就开始了。

菲厉亚：斯吞，亲爱的，跟我们去吧。

斯吞：别烦我。求你们了。对我来说也是，它就要……就要开始了。

"斯吞独自留下，就这样一动不动地坐了许久。然后……"——拉尔突然把手伸向书架上幽暗的空虚，他的听众目光随之而动——"然后……他取出一本书——手碰到的第一本。我会概述一下他的独白。"

斯吞：那么，让我们看吧。第二幕，第二场："我会再对他说。"（对我）"您在读些什么，殿下？""空话，空话，空话。"哦，多希望我知道——那本书的词句。多希望我能知道——那意义的纽结。"讲的是什么事，殿下？"——"谁同谁的什么事？"

*房间里，渐浓的黑暗中，**角色**无声地出现在过道里。在黑暗中看来，他像是一面廉价穿衣镜里的影子，模仿着演员的一举一动。**斯吞**，背对门坐着，没有注意到**角色**，直到**角色**从背后滑来，碰他的肩膀。*

角色：听，你想知道那本书里第二幕第二场的词句吗？过去足足三百二十年里，我已经细细地读够了。我觉得可以把它们借给你——当然，不是免费的。

*这个黑色幻影已经坐入演员对面的空椅子里：**斯吞**和**角色**专注地互相凝望了片刻。*

斯吞：不。你不会。我想象的哈姆雷特不是这样的。抱歉，你太苍白、太黯淡了。这不是我想要的。

角色（*冷静地*）：不过，你会如我一样地扮演我。

斯吞（*痛苦地打量他的双身*）：但你难道不明白吗？我不想要和你一样。

角色：也许我也不想——像你一样。其实，我只是不愿失礼，被召唤，我就来。来这儿的路上，我也疑惑呀，为什么？

拉尔的手指拍打空气，仿佛一个运动的尾白 ① 正在看不见地旋转。手指抓住什么东西，然后突然又放开；拉尔望着那词语展翅远去。

"亲爱的构思者们，就在这里，我会试着堵上竖笛的第一个通风孔。斯吞需要撞上那个为什么。作为一个演员，一个专业叙述别人文字的人，他可能没法儿用自己的语言向他

---

① 　尾白（cue），戏剧或电影中用来暗示演员开始表演的提示性的台词。

的映象去解释自我——他那个反射出来的自我。

"我认为这一切都很简单：每个三维存在都会两次倍增自身——向外和向内反射自己。这两种反射都是不真实的：向外投射，如镜子般的反射冰冷、扁平，是不真实的，因为它少于三维；向内投射，沿着神经传向头脑的脸的另一个映象，是由一套复杂的情绪组成，也是不真实的，因为它超出了三维。

"可怜的斯吞想要将其自身的内在相似性具体化，将它从灵魂深处抬升，用表演将它诱出，把它强加给角色；但那另一个映象，回应了他的呼唤——藏在表面之下、向外反射的那个僵死而呆滞的映象。他不想要它；他排斥这个唐突的幻影，因此为它创造了一个外在于它的客观存在。这也发生在戏剧之外；以前发生过，今后还会再发生。举例来说，埃内斯托·罗西① 在回忆录中讲述了一次参观艾森诺城堡废墟的经历。大概内容如下：在距离城堡还很远的地方，他就叫停了马车，改成步行。夜色渐浓，他迈着坚定的步子前进。此刻，丹麦王子的永恒故事攫住了他。大步走向吊桥的黑色轮廓时，他开始朗诵（起初是自言自语，后来声音渐渐变得

_____

① 埃内斯托·罗西（Ernesto Rosis，1827—1896），意大利悲剧演员，曾巡回欧洲扮演莎剧中的角色。从1856年开始，他在人生的后四十年中反复扮演哈姆雷特。

响亮）哈姆雷特向父亲鬼魂的恳求。在渐渐融入这个熟悉的角色时，他读到了鬼魂的尾白，然后以熟悉的方式抬起头。他看到了它。鬼魂从大门中浮现，无声地滑向横跨护城河的吊桥——果不其然。罗西只是告诉我们，他一路狂奔回马车，找到车夫，命令他用最快的速度策马狂奔。大演员就这样逃走——从来到他面前的角色那儿逃走。但他本可原地不动，待在从一个世界通往另一个世界的那座桥边。事实上，斯吞一定会原地不动——这不需要什么才能，意志就足够了。但是，让我们回到戏剧吧。我们的角色一直在等我们：我已经让他停顿太久了。那么……"

斯吞：你的意思是，人们会这样看我？像看你一样？

角色：是的。

斯吞（*心不在焉*）：现在，另一个问题，你来自何处？其实，不管你从哪儿来，你都该走了。我拒绝这个角色。

角色（*起身*）：如你所愿。

斯吞（*试着跟随*）：停。我害怕有人会看到你。我不想除了我还有人看到你——你懂的。

角色：别那么快地把我纳入空间。可以说，看到我，是一种选择。我们存在，但是临时的。谁想要看到我，谁不想看到我……其实，强制性的真实，是一种暴力，而且极为

粗俗。说到底，要是同你们这些仍然在继续的人一起，那
么——

斯吞：等等，等等。我想要看另一个……

角色：我不知道。也许给驿马的指令搞混了。从一个世
界到另一个世界，是会发生这种情况的。眼下，大家对哈姆
雷特有着巨大的需求，但哈姆雷特堡其实已经荒废了。

斯吞：听不懂。

角色：非常简单。你向档案馆申请要一个哈姆雷特，但
他们从车间里给你派来一位。

斯吞：但是，我们怎样才能……把这事情理清？

角色：也非常简单。我会带你去哈姆雷特堡，你可以自
己找一个合意的。

斯吞（*困惑地*）：可是那是什么地方？你怎么去那儿？

角色：什么地方？在角色之国有这么一个地方。至于怎
么去，那既不能说清楚，也不可能展示。我认为观众会原谅
我们，如果我们……闭幕的话。

拉尔平静地打量着我们。"这个角色大体上说的是对的。
如果你们允许的话，让我说一声：落幕。现在往第二个地点
去吧：试着描述出一个渐渐消失的视角，在哥特式的拱顶下
紧挨着汇合到一起的墙壁中间。这个奇妙的隧洞内墙糊着方

形的彩色纸片，上面用各种字体、各种语言写着'哈姆雷特'。在向深处延伸的这多语言的节目单下面，两排扶手椅也一直向尽头延伸。扶手椅上坐着一连串裹着黑色斗篷的哈姆雷特。每个人手里都捧着一本书。每个人都弓着背，面色苍白，神情专注，眼睛直盯着书页。这里或者那里，不时传来翻页的沙沙声，能听到持续不断的轻柔的念诵：

"'空话，空话，空话。'

"'空话……空话。'

"'空话。'

"构思者们，我再一次邀请你们好好看看这一队幻影。在这些悲愤王子的黑色贝雷帽下面，你看到的面孔会把你引向哈姆雷特的问题，引向那条又长又窄、没有窗户、蜿蜒穿过世界的走廊。举例来说，我现在能够清晰地辨认出——左边第三把椅子——萨尔维尼①轮廓分明的哈姆雷特，对着一段只有他才能看到的文字皱眉。右边更远处，层叠的沉重黑色布料下面，纤弱的轮廓像是莎拉·伯恩哈特②：钉有铜扣的

---

①　托马索·萨尔维尼（Tommaso Salvini, 1829—1915），意大利悲剧演员，高额头，鹰钩鼻，曾经在俄罗斯巡演。他扮演的奥赛罗充满激情，给导演康斯坦丁·斯坦尼斯拉夫斯基留下了深刻印象并被其写进书里。

②　莎拉·伯恩哈特（Sarah Bernhardt, 1844—1923），法国女演员，1899 年在巴黎首次扮演哈姆雷特。首演之夜，观众最初态度冷淡，却逐渐被其演技折服。

对开本重重地压得她纤细的手指青筋暴出，但她的目光却顽强地捕捉其中隐藏的象征与意义。舞台前部，一张脏兮兮的红色节目单下面，罗西满脸焦虑的褶子，一只手托着憔悴的面颊，胳膊肘搁在雕花靠椅的扶手上；他膝部肌肉紧绷，太阳穴上有一根血管在搏动。舞台后方，在这场景的纵深处，我看到阴柔的肯布尔①那秀美的面庞，还看到基恩②锐利的颧骨与咬紧的下颌，最后会在灭点附近看到理查·博比奇③头向后昂，眼睛半闭，唇边一丝傲慢的微笑——这嘲讽的假面偶尔闪光，有时又在反光与阴影中隐没。这么远很难看清，但他好像是把书给合上了，搁在腿上不动，就看着封面。我移回目光：一些面孔在阴影中，另一些望向别处。是的，然后我就把目光移回戏剧。”

深处的那道门，像幕布一样升起来，透出一道刺眼的光，还有两个人影：**角色**以导游的姿态大模大样走进来，后面跟

① 约翰·菲利普·肯布尔（John Philip Kemble, 1757—1823），英国著名演员，以俊美著称。其姐姐也扮演过哈姆雷特。

② 爱德蒙·基恩（Edmund Kean, 1789—1833），英国演员，1814 年，作家威廉·海兹利特评论他扮演的哈姆雷特向奥菲利亚所行的吻手礼是"对莎士比亚最精微的评论"。

③ 理查·博比奇（Richard Burbage, 1568—1619），第一位扮演哈姆雷特的英国演员，他与他的兄弟合作创立了环球剧场，莎士比亚为环球剧场成员。

着斯吞，羞怯地东张西望。他身穿黑色紧身裤（鞋带松开，散乱）和紧身短上衣，显然穿得很匆忙。慢慢地，一步一步地，他们沿着埋首于书本的众多哈姆雷特的行列走来。

角色：你很幸运。这正是你想要看的场景。随你挑，从莎士比亚当年一直到如今。

斯吞（*指着几把空椅子*）：为什么这些空着？

角色：那是留给未来的哈姆雷特的。有人扮演我的时候，我也会舒舒服服地坐下来，如果坐不到这儿，就坐到侧边的高凳上。相反，我们一路——从一个世界到另一个世界——来到这儿，就必须站着。喏，让我们忘掉这片已完成的领地，去那构思者的领地吧——那里还有许多空间。

斯吞：不。我一定要看看这里。那是什么？（*高高的拱门顶部上方涌来一阵掌声，然后归于静默*）

角色：那是一群掌声。它们有时也会飞进来，像候鸟一样从一个世界到另一个世界。但我不能待在这儿了——在构思者的领地里，我要被错过了。快跟我走。快。

斯吞摇头，他的向导离开；他独自留下——留在词语中，词语之间。像乞丐瞪眼望着商店的橱窗似的，他贪婪地凝望角色的行列。他迈步，再迈一步。他踟蹰。他的眼睛在半明

半暗中探索，突然发现尽头处矗立不动的理查·博比奇的魁伟身躯。

斯吞：就是他了。

然而，有另一个哈姆雷特早就放下了书，以便更好地观察新来者。这时他站了起来，挡住去路。**斯吞**惊慌地后退，但那角色也很窘，几乎被吓到：他走出暗处，进到亮处，结果暴露出借来的那件糟糕的大衣上遍布的洞眼与补丁，他胡子拉碴的脸上挂着讨好的笑容。

角色：你是从那边来的？（**斯吞**点头作答）看得出来。也许我能够问问你。为什么我不再被扮演了？你听说过吗？当然，每个人都知道，悲剧演员赞图蹄耳斯基[①]是个酒疯子、是个流氓。但那不公平。首先，他不学习我。你能想象不被学习是多么快乐吗？——你或是被学习，或是不被学习。在第三幕，"是或不是"的桥段里，我们搞得太混乱了，要不是提词员帮忙……从那以后，一场表演都没有了。一次都没

---

① 赞图蹄耳斯基（Zamtutyrsky），作者在此描述了20世纪之初俄国外省演员的典型形象。Zamtutyrsky 这一假名，初听貌似高贵响亮，但总体显得愚蠢而荒唐。俄语中，za 作为前缀，意为"超越"，zam 作为前缀，意为"副"，tut 则意为"这里"，如果意译，可理解为"超越这里斯基"。

有被召唤到存在中去。告诉我，他出什么事儿了？他彻底完蛋了吗？或者是他改变了类型？如果你回去，去骂他一顿。那不公平，他创造了我，就应该演我。否则——（*斯吞伸手推它，想要走开，但这个滑稽的角色说个不停*）对我而言，只要有什么我能做的……

斯吞： 我会去第三幕里找那本书 ①。我就是来找它的意义的。

角色： 来这里之前你为什么不这么说？只是别忘了还书呀。像你一样，赞图蹄耳斯基全部的表演都围绕着这本书而建立。他完全不了解我，所以他在舞台周围游荡，不管发生什么——他都会去看书。"既然哈姆雷特在第三幕能去看书，"他会说，"那为什么不能在第二幕，或者第五幕里？他没有复仇，"他会说，"因为他没时间，他很忙，是个有学问的书呆子，是个知识分子；他读啊，读啊，读得停不下来；他太忙了，没时间杀人。"所以，如果你好奇的话，就请看一眼鲍立维 ②的译本，帕夫连科夫 ③出版。

---

①　这里暴露出斯吞是不完善的。原剧中哈姆雷特看书是在第二幕，而不是第三幕。所以斯吞应该说去第二幕，但赞图蹄耳斯基的哈姆雷特始终醉醺醺，没有注意到这一错误。

②　鲍立维（N. A. Polevoi，1796—1846），俄国翻译家，由他翻译的《哈姆雷特》俄文译本在 1837 年出版，并成为权威译本，先后再版超过十次。

③　帕夫连科夫（F. F. Pavlenkov，1839—1900），圣彼得堡出版商。

*斯吞推开赞图蹄耳斯基那个寄生虫一样的角色，向视界的深处走去，走向**博比奇**傲慢的侧影。他站在那儿，不敢开口。**博比奇**开始没注意到他，后来慢慢抬起眼皮。*

博比奇：他为什么在这儿，这个有影子的存在？

斯吞：你可以把他当作一道阴影来欢迎。

博比奇：你想要说什么，新来的？

斯吞：我是一个嫉妒自己影子的人——影子能变大变小，而我总是与自身等大，总是同一个人，有不变的尺寸、日常和思想。我早就不再需要阳光，而是选择了舞台脚光；我的全部生命都用来寻找角色的领土，但它拒绝接纳我。你看，我只是一个构思者，我什么都没法完成，藏在你书中的字母——哦，那些伟大的形象——将永远不被我读到。

博比奇：你永远不知道。在这个远离熄灭了的脚灯的地方，我住了三百年。这时间足够耗尽一个人的心思。你知道，在地球上做个临时演员，也好过在这里，在一个演完了的戏剧的世界里当头牌。做生锈的钝刀子，也好过做名贵的空剑鞘；事实上，不管怎样生活都要强过气派十足的不存在，现在我不会同这种困境搏斗了。如果你真的想——

斯吞：我真的想！

博比奇：那就换位思考一下，为什么一个角色不可以扮演一个扮演角色的演员呢？

　　他们交换了斗篷。其他的哈姆雷特埋首于书中，没有注意到**博比奇**（已经学会了**斯吞**的步态与姿势）朝出口走去，贝雷帽压低，盖着脸。

　　斯吞：我会等你。（*他转向**博比奇**留下的空椅子，看着那本铜扣闪闪发亮的书*）他把书给落下了。太晚了，他已经走掉了。（*他在椅子边缘坐下来，好奇地察看闭合的铜扣。他再一次听到周围书页翻动的沙沙声，还有那轻柔的念诵"空话—空话—空话"。*）我会等。

　　*第三个地点：后台。**菲厉亚**坐在后台入口边一把矮长椅上，腿上搁着一本笔记本。她手盖着耳朵，身子前后摇晃，正在研究她的角色。*

　　菲厉亚：父亲，我正在房里做针线活，哈姆雷特殿下……

　　吉尔登进来。

吉尔登：斯吞在吗？

菲厉亚：不。

吉尔登：你最好警告他，如果他今天再不参加排演，那个角色就归我了。

博比奇（*出现在门口，站在讲话者的背后。说旁白*）：那个角色走了，真的，但并非离开他，也不会走向你。

*吉尔登*从一道侧门退场。**菲厉亚**又趴到她的笔记本上。

菲利亚：

父亲，我正在房里做针线活，

哈姆雷特殿下，紧身上衣松开，

头上也不戴帽子，袜子肮脏，

没有袜带，一直垂到脚踝上；

他的脸色像衬衫一样苍白，

膝盖互相碰撞，神情那样凄惨，

似乎刚逃出地狱，

要讲述那恐惧——他——

博比奇（*结束那句台词*）："他来到我前面。"可不就是这样说的？我的膝盖也互相碰撞。当然了——在走了那么远的路之后。但是，要给你讲清楚，恐怕得费太长时间。

　　菲利亚（*吃惊地瞪着他*）：亲爱的，你多好地进入了这个角色呀。

　　博比奇：你那位亲爱的，已经进入了别的东西。

　　菲利亚：他们想要把角色从你这儿拿走。昨天我寄了一封信。你收到了吗？

　　博比奇：我那里恐怕没法收信。另外，你怎么可能把一个角色从一个连自己都被拿走了的演员那儿拿走？

　　菲利亚：你这说法真奇怪。

　　博比奇：那么你还是用见怪不怪的态度对待它吧。

　　泰姆尔，吉尔登，还有其他几个演员走进来，打断了对话。

　　"泰姆尔是导演，我们不用帮他创造外貌，只需要说他看起来同我差不多：就是让你希望可以凑近了看的那种人的样子。"拉尔微笑着扫视他的听众。

　　似乎没有人回应这微笑，除了我。这些构思者们坐在一个紧密而沉默的小圈子里，绝不会向故事泄露他们的反应。

　　"我把泰姆尔看作一个实验者，一个执着于置换法的顽固的计算者，他像数学家需要数字一样，需要那些被他用于生产的人。轮到这个或那个数字的时候，他就把它塞进去，当某个数字轮过了，他就把它划掉。现在，看到他错认为斯吞的这人，泰姆尔毫不惊讶，甚或愤怒。"

泰姆尔： 啊哈。你来了。但那个角色跑了。太晚了，吉尔登正在扮演哈姆雷特。

博比奇： 你错了。是演员跑了，而不是角色。乐意为您效劳。

泰姆尔： 我没有认出你来，斯吞。你似乎总是在逃避演出——甚至用言语逃避。那么，两个演员演一个角色？为什么不？注意了，我要拿起那个角色，把它一分为二①。这样做并不难，只需要找到错误的句子。哈姆雷特，本质上是"是"与"否"之间的一场决斗——它们会是我们的中心体，将原细胞分成两个新的细胞。那么，让我们试一试吧！给我两件斗篷，一黑一白。（*他同角色们迅速地标记笔记本，把其中一本连同白斗篷递给**博比奇**，另一本同黑斗篷递给**吉尔登***）第三幕，第一场。请各就各位。一、二、三，启幕！

---

① 作者曾对莎士比亚有如下评论：莎士比亚完全是对话式的……一个角色，就算在独处时，也会搪塞自己，分成两个自我……如果是哈姆雷特，就分成两个哈姆雷特，在独白中争辩，一个说"存在"，另一个则唱反调，说"不存在"。

哈姆雷特一号（*白斗篷*）：存在？

哈姆雷特二号（*黑斗篷*）：或不存在？

这是一个问题。

哈姆雷特一号：究竟哪样更好……

哈姆雷特二号：究竟哪样更高贵……

哈姆雷特一号：忍受那狂暴的命运无情的摧残。哦不。

哈姆雷特二号：还是挺身去反抗那无边的烦恼，把它扫一个干净。

哈姆雷特一号：去死。

哈姆雷特二号：去睡——

哈姆雷特一号：就结束了？

哈姆雷特二号：如果睡眠能结束我们心灵的创伤和肉体所承受的——

哈姆雷特一号：千百种痛苦！

哈姆雷特二号：那真是生存求之不得的天大的好事。

哈姆雷特一号：去死？

哈姆雷特二号：去睡。

哈姆雷特一号：去睡，也许会做梦。

唉，这就麻烦了，即使摆脱了这尘世可在这死的睡眠里又会做些什么梦呢？

哈姆雷特二号：就这点顾虑使人受着终身的折磨，谁甘心忍受那鞭打和嘲弄，受人压迫，受尽侮蔑和轻视，忍受那失恋的痛苦……

哈姆雷特一号：衙门的横征暴敛，默默无闻的劳碌却只换来多少凌辱。

哈姆雷特二号：但他自己只要用把尖刀就能解脱了。

可是对死后又感觉到恐惧，又从来没有任何人从死亡的国土里回来——

哈姆雷特一号：这话不对，我就是回来的！

*所有人都吃惊地看着**博比奇**，他刚刚打断了独白，有把它撕成对话的危险。*

泰姆尔：这可不是角色的台词。

博比奇：没错。这句话来自角色的王国。（*他保持着之前的姿势，苍白的面具傲慢地掀到后面，挂在惨白的斗篷上，眼睛紧闭，嘴唇上挂着一丝小丑般的微笑*）那是三百年前的事了。威尔演鬼魂①，我演王子。当天一早就下起瓢泼大雨，池座被水浸没。尽管如此，观众还是满场了。在第一幕

①　根据莎士比亚的第一个传记作者尼古拉斯·罗（Nicholas Rowe）的说法：莎士比亚并非杰出的演员，他演得最好的角色是《哈姆雷特》里的鬼魂。

最后，我说出"这是一个颠倒混乱的时代"时，一个偷观众钱的扒手被当场抓住。结果，我的表演就结束在鞋子踩水的呱唧声与压低了的"抓贼……抓贼……抓贼……"声中。按照惯例，那个可怜鬼被拖上台，捆在一根柱子上。在第二幕，他表情窘极了，把脸扭到一边，背对着那些指指戳戳的手指。但是随着戏一场场演过去，他开始放松，几乎成了表演的一部分：他越来越厚脸皮，不仅做鬼脸，还点评台上的表演。我们最终把他松开，丢下台去。（*突然转向泰姆尔*）我不知道是什么或是谁把他捆在这出戏上，但如果你认为你那些偷来的琐碎思想——每个值一便士——能够让我发财——我，所有那些打油诗都是为我而写的！——那就带着你的锄子儿滚吧。

博比奇*把角色丢在了*泰姆尔*脸上。全场震惊。

菲利亚：斯吞，清醒点！

博比奇：我的名字叫理查德·博比奇。而且我正在解开你，你这个小贼。滚出角色的王国！

泰姆尔（*脸色苍白，但平静*）：谢谢你，我会用我没被捆住的双手……继续，把他捆起来！难道你们看不出他已经失心疯了吗？

博比奇：是的，我从远远高过你们头顶的高度，对你们平等相待——而你们拒绝……

"演员们扑到博比奇身上，想要把他捆起来。在激烈的打斗中，他开始尖叫，你明白的，朝所有人尖叫……现在，如果你只会……我会……"

含含糊糊，吞吞吐吐，拉尔就这样说着，把手伸进贴身的口袋——他黑色的双排扣长礼服下面有东西在窸窸窣窣。他突然沉默了，眼神狂野地望着我们。我们都紧张地耸起脖子。椅子往前凑。泽斯跳起来，做手势让人安静。"拉尔，"他厉声说道，"你把文字偷运进这里了？躲着我们藏着？把手稿交给我。马上！"

拉尔踌躇着。然后，在静默中，他把手从大衣下面猛地抽出：微微颤抖的手指间，一本四叠的笔记本白花花一片。泽斯劈手夺过，扫视那些符号。他提溜着笔记本的一角，几乎伸直胳膊，好像生怕那些墨水的线条脏污了自己。然后他一个转身，朝向火炉。火基本上已经灭了，只有几块正在慢慢变紫的煤还一直在炉围上方燃烧。

"根据第五条规则，这本手稿被判处极刑：无须泼墨。有反对意见吗？"

没人动。

　　会长轻轻一弹，就把笔记本丢进了火堆。如同有生命一般，白色纸页痛苦地扭动，发出微弱、轻柔的嘶嘶声；蓝色的烟打着旋儿上升；然后，一股火苗从底下蹿上来。三分钟后，写着剧本的手稿就在火钳断断续续的敲打下化作一团灰。泽斯放下火钳，转向拉尔，咕哝道："继续。"

　　拉尔没有立刻继续他惯常的讲述，显然正在努力控制情绪——尽管如此，他还是继续讲下去了：

　　"你用我的角色对待博比奇的方式对待我。好吧——这是我们活该。我会继续，也就是说，既然我想要读的那些词语再也不可能被读了，"他瞥了一眼炉围中还在闷燃的最后几块煤，"那这一场的结尾就删掉好了。菲利亚被吓坏了，带着那个角色跑去找吉尔登。第四个，也是最后一个地点，将带我们回到斯吞那里。"

　　还是在角色的王国里，斯吞正在等博比奇。等得越来越不耐烦。地球上的表演可能已经开始了——那个杰出的角色为他扮演其自身。尖拱门上方飞过一群喧闹的掌声。

　　"为我？"

　　斯吞焦躁不安地向那些全都沉浸于书本的哈姆雷特求助。他被问题折磨。他转向一个邻座说："你一定能理解我。毕竟，你知道赞誉是什么。"

回答是：

"空话……空话……空话……"

邻座合上书，走开了。斯吞转向另一个：

"对所有人来说我都是个陌生人。但你们会教我做所有人。"

这个哈姆雷特也严厉地看了斯吞一眼，合上书。

"空话……空话。"

转向第三个：

"在地球上我离开了一个爱我的女孩。她经常对我说——"

"空话。"

他每问一个问题，这些哈姆雷特就像是以站起来作为回应，一个接一个地合上书，走了。

"但是，要是博比奇……要是他决定不回来了，事情会怎样？我要怎么找到回去的路？而你，你为什么离开我？他们全都忘掉我了，也许她也忘了。但她发过誓……"

回答仍然是：

"空话……空话。"

"不，不是空话：词语被焚烧，被火钳击打，我的眼睛能看到它——你听到我说话没有？！"

拉尔抬起一只手按到眉毛上。"原谅我,我搞混了;丁对丁,卯对卯,轮齿对轮齿。有时会发生这种事。容我跳过吧。"

于是,那一连串的哈姆雷特纷纷弃斯吞而去;彩色节目单随之飘走,甚至节目单上的字母也从上面弹出来、溜走。角色王国里这奇妙的景象每一秒钟都在变幻。但斯吞仍然抓着被博比奇忘了的那本书。现在,没有理由再拖延了:已经到了强行取走其意义、揭示其秘密的时候了。但那本书上装有牢固的铜扣。斯吞试图撬开封面。书页紧闭着做出抵抗。斯吞再一次暴怒地发作,手指弄出了血,终于打开了这词语的堡垒。在被撬开的书页上,他看到:

"Actus Morbi(拉丁文,意为"一种疾病的历史")。疾病的历史。病人编号。嗯……精神分裂症。发育正常。疾病发作。发烧。反复发作。妄想观念:某个名叫博比奇的男人。胃部正常。变成慢性。无法治愈——"

斯吞抬头看:一条长长的、有拱顶的医院走廊。走廊两侧是有编号的门,还有给值班护士与来访者坐的扶手椅。走廊尽头坐着一个护工,裹着一件宽松的白色外套,埋头看一本书。他没有注意到画面尽头的那扇门突然打开,一男一女两个人冲了进来。男人转向同伴:"我不管他病得有多重,你至少可以让我脱掉服装，化个妆。"

护工被这声音吓了一跳，扭头望过去：两位来访者丢掉外衣，露出哈姆雷特和奥菲利亚的戏装。

"现在，你看到了：我知道人们会盯着看。为什么我们必须猛冲呢？"

"亲爱的，但是如果我们没有准时到这儿，会怎样呢？因为，如果他不原谅我——"

"别傻了。"

护工完全晕头了。但斯吞容光焕发地站起来迎接这对访客。"博比奇，终于来了。而你，我的唯一！哦，我一直在等你，在等你。我甚至对你产生了怀疑，博比奇。我认为你从我身边偷走了她，还偷走了那个角色，我想要从你那儿夺走你的台词：它们叫我'疯子'，以此为自己报复。但它们毕竟不过是词语，不过是角色的台词。如果非要我演疯子，好吧，就这样吧——我也会演的。只是为什么他们要改动布景呢？这个布景是从其他戏里搬过来的。但是别介意，我们会从角色到角色，从一部戏到另一部戏，越来越远地深入无限的角色王国。但是，奥菲利亚，为什么你不戴上你的花环？你知道的，为了发疯的场景，你需要墨角兰和芸香①。它们在

---

① 疯狂的斯吞把发疯的场景搞混了。奥菲利亚需要的是迷迭香，而墨角兰是《李尔王》中李尔王发疯时所需要的。墨角兰是被用作治疗脑部疾病的药物。

哪儿？"

"我摘掉了，斯吞。"

"你摘掉了？或者，也许是你已经淹死了，但还不知道自己死了，而你的花环正漂在水面，在水草和睡莲之间，没有人听到……"

"我想我会离开那里。用不着任何不必要的号角。"

拉尔站起来。

"但是请容我问一句，"达斯的圆眼镜逼视着拉尔，"他死了还是没死？而且，我还不清楚——"

"你对什么不清楚，这一点不重要。我堵上了笛子的全部通风孔。全部。吹笛子的人不问接下来发生什么，他应该了解自己。在一切关键内容之后，剩下的部分才姗姗来迟。就这一点我同意哈姆雷特：'此外惟余沉默。'落幕。"

拉尔走到门边，把钥匙向左转了两圈，鞠躬，然后走掉了。构思者们沉默着离开。我们的主人还抓着我的手，为"意料之外的不快"毁了这个夜晚而向我道歉，他还提醒我，下周六再来。

走到街上，我看到拉尔远远地走在前面。他很快就消失在一条侧街。

　　我快步走着，从一个路口到下一个路口，努力整理自己的情绪。这个夜晚像是一个黑色的楔子，插进我的生活。我必须得拔掉它。但是该怎样拔呢？

3

下一个周六，靠近黄昏时，我又来到字母杀手俱乐部。我到的时候，他们已经到齐了。我用目光寻找拉尔：他坐在之前同样的位置上，他的脸看上去更加锐利了，眼窝陷得更深。

这一次，钥匙和场地归泰德。拿到钥匙后，他检查它的铁块，似乎要在它的裂隙中搜寻一个主题。然后，他的注意力转向词语，他开始小心地、一个接一个地挤出它们，检查它们，衡量它们。起初，词语来得缓慢，然后越来越快，各自争抢位置。泰德锐利的颧骨上布满红色斑点。所有人都把脸转向故事的讲述者。

*驴子庆典*①。这就是标题。我把它当作一个中篇小说。我的主题在我们这个时代的五百多年前就可以找到了。地点？法国南部某地的一个小村子：四五十家村民，中心是个老教

---

① 驴子庆典：中世纪欧洲的一种节庆。关于它的起源，有说与先知巴兰的驴子有关，有说与圣母玛利亚去埃及时骑乘的驴子有关，还有说与基督进入耶路撒冷时骑的驴子有关。最初是基督教徒用来替代异教节庆的教诲性的娱乐活动。

堂，周围是葡萄园和肥沃的土地。Nota bene（拉丁文，意为
"请注意"）：庆祝驴子庆典的风俗正是在这个时代、这
些地方出现和扎根，成为所谓的"驴的节日"（Festum
Asinorum）。这个拉丁文名字，属于那座教堂，庆典带着教
堂的祝福，在一个个城镇与村庄中漫游。节庆的活动如下：
在棕树节的周六，农民们演出基督上十字架前最后几天的活
动；为了有更多教育意义，他们还会把一头驴子领进教堂；
为了让人回想起福音中被美化的那只牲口，会将这头驴的各
种特征与《圣经》中的段落对比，一旦特征相符，它就会被
选中扮演这个幸运的角色。你可以想象，起初驴子只会感到
迷惑，想要回到它的畜栏。但驴子庆典很快就会变成某种反
向的弥撒，一种渎神与放纵的狂乱：被一群狂呼乱叫的农民
围着，在哄笑与手杖的敲打声中，吓得快疯了的驴子又叫又
踢。杂役修士会抓着它的耳朵和尾巴，拖着它爬上祭坛，而
人群叫嚷、呼喊，唱着玩世不恭的歌，冲着低沉单调的教会
主题大放厥词。塞满各种污糟的香炉虔诚地来回晃动，在教
堂里散布烟雾与恶臭。苹果酒和葡萄酒从神圣的酒杯中流
出，兴奋的驴子弄脏祭坛旗帜，教区居民扭打、咒骂、放声
狂笑。然后一切就结束了。庆典继续，农民们骂天骂地，骂
够了就回去，再做弥撒时，照样虔诚地画十字，把最后一个
铜子儿奉献给教会，在圣像前供奉香火，温顺地苦修，继续

忍受生活。直到下一次 Asinaria（拉丁文，意为"驴的喜剧"）。

我的画布已经准备好了。那么往下看：

弗朗索瓦丝和皮埃尔彼此相爱，爱得简单而亲密。皮埃尔是个魁梧的少年，在葡萄园里工作。弗朗索瓦丝看上去更像是教堂墙上雕刻的那种头顶光环的女人，而不是生活在隔壁村子里的年轻女孩。当然，她轮廓优美的头顶并无光环围绕，因为她是她母亲唯一的帮手，而在干活时光环会碍事。人人都爱弗朗索瓦丝。老神父波林甚至不论何时碰到她，总会微笑着说道："这里有一颗灵魂在上帝面前发光。"只有一次他没有说"这里有一颗灵魂"，就是弗朗索瓦丝和皮埃尔来说他们想要结婚那次。

结婚预告首次公布是在周日弥撒后：弗朗索瓦丝和皮埃尔一起在前厅等待，心跳得怦怦作响。老神父慢慢爬上讲坛台阶，打开弥撒经书，摸索许久终于找到眼镜，然后这两人才并排站着听到自己的名字在焚香与阳光中被先后说出。

第二次公布是在星期三的晚礼拜后。皮埃尔不能到场，他得干活，但弗朗索瓦丝到了。昏暗的教堂空空荡荡——除了门口几个乞丐——衰老的波林神父再次把陡峭的讲坛台阶踩得吱嘎作响，气喘吁吁地爬上去，掏出弥撒经书，在法衣口袋里摸索眼镜，把他俩的名字合到一起：皮埃尔—弗朗索瓦丝。

第三次公布安排在周六。但那天恰巧是驴子庆典。去教堂的路上，弗朗索瓦丝听到远处无数的吼叫，还有一种狂野的哀鸣向她涌来。她在门廊台阶上停步，如风中烛火般颤抖。在敞开的门道中，驴子庆典搅和着动物的嘶吼与人群的喊叫。皮埃尔赶到时，弗朗索瓦丝正要往回走。好小伙儿不想再等了，他的胳膊习惯了锄头与铁镐，如今只想要搂抱弗朗索瓦丝。他找到躲起来避开暴乱教堂的波林神父，尴尬但固执地请他最后一次公布，甚至一个小时都不能再拖延了。老神父沉默地听着，然后望向站在角落里的弗朗索瓦丝。他只用眼睛微笑，再次一言不发地快步走向敞开的教堂大门，身后跟着新郎新娘。在门槛上，弗朗索瓦丝试图把手从皮埃尔那儿挣脱，但他不放手。涌动的人群在咆哮，千百个喉咙在吼叫，驴子那半人半兽的痛苦嘶鸣，让弗朗索瓦丝震惊。穿过香炉的臭烟，她睁大眼睛，起先只看到扬起挥舞的手臂，拼命张着的嘴巴，鼓凸充血的眼珠。然后，神父登上台阶，出现在讲坛上，平静而充满智慧。看到他，所有人都安静了：波林神父站在人头之海的上方，打开弥撒经书，慢慢地戴上眼镜。静默延续着。

"第三次公布。以神父和……"——一阵低沉的嗡嗡声，像是从一口被盖住的沸腾大锅里发出，搅扭着神父那虚弱但清晰的声音——"我们将会缔结神圣的婚姻，上帝的仆人弗朗索瓦丝和……"

"和我。"

"和我。和我。"

"和我。和我。和我。"吵闹的人群开始怒吼。大锅滚开了。锅里那些东西，咯咯笑，汩汩响，冒着眼睛泡，嘶喊，尖叫，哼唧："和我。和我。"

连驴子也把覆着泡沫的口鼻转向新娘，张开下巴，加入乱吼乱叫的行列："呃——咿——嚯！"

弗朗索瓦丝晕厥了，被扛了出去，抬到门廊里。皮埃尔既害怕又沮丧，努力将她唤醒。

然后生活回到了常态：这对恋人结婚了。这好像是故事的结尾。其实，不过是开头。

起初几个月，两口子水乳交融、身心和谐。白天用工作将他们分开，但夜晚把他们交还给彼此。就连他们每天早上互相讲述的梦都很相似。

但后来，一天深夜，在第二次鸡叫之前，睡得较轻的弗朗索瓦丝被一阵奇怪的声音吵醒了。她把手掌按在枕头上，聆听着：那声音起初低沉而遥远，渐渐变高变近；黑暗里，从风中仿佛传来一种莫名其妙的嘈杂之声，夹杂着野兽尖利的嚎叫；过了片刻，她能够辨认出不同的吵嚷，又过了一会儿，能够听出词句："和我——和我……"她突然浑身发冷，悄悄溜下床，赤着脚，只穿睡衣，走到门边，把耳朵贴在上面。是的，是驴子庆典里的声音，弗朗索瓦丝太熟悉了。成百上千的新郎像夜贼一样涌来，乞求，命令："和我——和我。"无数狂野的婚礼在房子周围旋转，千百双手敲打墙壁，令人发昏的熏香从门缝里渗进来，连同某人轻柔、痛苦的恳求："弗朗索瓦丝和我……"

弗朗索瓦丝不明白为何皮埃尔能睡得那么沉。一种要命的恐惧攫住了她：如果他醒了，发现了这一切，那会怎样？可是，这折磨人的、有罪的一切到底是什么，她还不知道——沉重的门闩让路，门打开，她近乎赤裸地走出去，去参加驴子庆典。她周围的喧嚣立刻消失，但却进入了她的身体里。她继续走，赤脚踩在草地上，不知道要去何处，也不知道要去谁那儿。很快她就听到一阵蹄子蹴踏、马镫叮当的声响，还有人轻轻地唤她的名儿：也许是一个侠客，在无月之夜迷了路，或者是一个路过的商人，选择暗夜走私禁运品。一个夜之新郎，没有名字——在一个黑沉沉的夜里，他带走了比全部夜晚更黑的东西：他偷走了灵魂。他来时像一个贼，走时也一样。总之，马镫又叮当响起，马蹄又嘚嘚踏过，到了早上，同出门工作的皮埃尔道别时，弗朗索瓦丝格外柔情地凝望他的眼睛，格外长久地拥抱他，甚至让他忍不住咧嘴笑起来，让铁镐在肩头晃荡，吹起一段欢快的口哨。

生活似乎又回到旧轨。白天夜晚白天。直到它再一次降临。弗朗索瓦丝发誓不再向幻想屈服。她在面孔发黑的圣像前，连续几个小时跪在冰冷的石板上，一边转动念珠，一边祈祷。但那狂暴的驴子庆典再次开始舞动，撕碎她的睡眠，绕着她旋转，圈子越绕越紧。她，再次失去意志，起床，出走——不知道去哪儿，也不知道去谁那儿。在一个漆黑的十字路口，她碰到一个从地上爬起来的乞丐，因为黑暗中有白色的幻影向他飘来。他的手粗糙，烂糟糟的衣服臭得令人作呕，他既不相信也不理解，但仍然饥渴地占有了她——然后，他的麻布袋里的铜子儿叮当地响，拐杖嗒嗒地敲，这夜之新郎，又惶恐又迷惑，像小偷一样溜走，消失在暗夜中。弗朗索瓦丝回到家，听了许久她丈夫平稳的呼吸，咬紧牙关俯到他身上，无声地哭泣：既有厌恶，又有喜悦。几个月过去了，也许几年过去了，丈夫和妻子仍然彼此相爱，甚至爱得更深了。那又一次发生了，同往常一样突然。当晚皮埃尔不在家，去了几十里外的地方。弗朗索瓦丝被那些声音召唤，出门去，走进朦胧树影之间的黑暗里。一团火焰在地面上飘掠，像一只巨大的黄眼睛，弗朗索瓦丝死死盯着那眼睛，走向她的命运。过了片刻，那眼睛变成一盏普通的铁架玻璃灯笼，抓着灯笼杆的是从法衣下面伸出的瘦骨嶙峋的手指，比浑浊的火光稍高的地方显出波林神父皱巴巴的脸：半夜里他被叫去给一个快死的人拯救灵魂，现在正往家里走。在午夜遇见孤身一人、赤身裸体的弗朗索瓦丝，波林神父并不吃惊。他举高灯笼，照亮她的脸，凝视她颤抖的嘴唇与呆滞的眼睛。然后他吹灭火焰，在彻底的黑暗中，弗朗索瓦丝听到："回家。穿上衣服，等着。"

老神父拖着脚吃力地走，不时停下来喘粗气。走进弗朗索瓦丝的房子，他看到她一动不动地坐在靠墙的长椅上，合着手掌，肩膀在衣服下面不时颤抖，仿佛是因为冷。波林神父等她哭完，然后说："屈服吧，灵魂，向燃烧你的东西屈服。因为《圣经》中写道，只有骑着驴子这种愚蠢而发臭的动物，才能到达耶路撒冷的大街。我对你说，只有如此，通过这个，才能进入王国中的王国。"

弗朗索瓦丝惊愕地抬头，眼中溢满泪水。

"是的，我的孩子，该轮到你去了解并非每个人都会知道的事情了——那就是驴子的秘密。花儿开得那么纯洁，那么芬芳，因为它们的根被施了肥，浸在泥巴与恶臭里。从小祈祷通往大祈求的道路会从渎神经过。最纯洁、最高尚的，必定会堕落、会污秽，哪怕仅仅一瞬。除了这样，你又怎么能明白纯洁之为纯洁，高尚之为高尚？如果上帝承担了人类的肉体与律法，哪怕在永恒中只有过一次，那人有什么资格鄙弃驴子的肉体与律法呢？只有通过凌虐与侮辱你发自内心最爱与最需要的东西，你才能配得上它，因为在这尘世中，没有哪条路不是充满悲痛的。"

老神父波林起身，开始点灯笼。"我们的教堂把圣地向驴子庆典开放，作为基督新娘的教会，希望被嘲弄与凌辱，因为她知道这个巨大的秘密。每个人都带着喜悦与欢笑加入这庆典，进入这欢乐——但是只有被选中的人才能走得更远。我要真正对你说：没有哪条路不充满悲痛。"

调好火光，老人转身准备离去。弗朗索瓦丝把嘴唇按在瘦骨嶙峋的指节上，说："那我必须保守秘密吗？"

"是的，我的孩子。你怎么能把驴子的秘密透露给……驴群呢？"

带着第三次公布婚讯那日的微笑，波林神父走出去，紧紧地关上门。

泰德沉默了，用钥匙敲打着椅子扶手，脸转向门。

"哦，好的，"泽斯打破沉默，"你用许多砖石砌起了构思的建筑。我们习惯了不用水泥。因此，既然我们都还有时间，也许你可以按照不同的次序重新组织这故事的元素？比如，第一块砖——年代——让它保持原样；在情节的核心，不放女人，而放那个神父；赋予他因为驴子庆典而带来的意义。把它从根部分离，也就是说，只取顶部，然后——"

"然后,"胖子费弗插嘴道,讥讽地眨巴眼,"在死亡中结束一切,而不是在生命中。"

"我还想请你改改题目。"西格在角落里偷笑道。

泰德布满红色斑点的面庞,肌肉抽动、绷紧。他身子前倾,似乎要弹跳,他那矮小、精瘦、敏捷、细致的整体形象,让人想到显然生活于其中的那些小故事也是这般简洁、清晰、有活力。他一跃而起,大步走过黑色的书架,然后以脚后跟为轴一个急转身,面对其余六个人。

好的,我开始了。题目:吟游者的麻袋。单凭这个,就能让我保留同样的时代背景。吟游者 ①,或者所谓的"快活僧",我想你们都知道,是流浪的教士,可以说是在教堂与舞台之间迷失了路径的人。这种奇怪的小丑与神父的混合体,出现的原因一直无人深入研究,也没有得到解释:他们很有可能是赤贫教区的神父,其教职所得供养不足,为了挣钱不得不干别的事——主要是滑稽表演,这门技艺无须行会许可。我们故事的主角,神父弗朗索瓦(我把名字连同其他

---

① 吟游者(Goliard),中世纪欧洲,尤其是法国、英国、意大利和德国等地的流浪僧侣、学生及学者,放浪形骸,吟咏讽刺诗,反抗权威,针砭时弊。

一切都做了变形），就是这样一个吟游者。他穿着高帮棕皮靴，手持一根粗棍，走在尘土飞扬、弯弯曲曲的乡村道路上，从村庄到村庄，把赞美诗改成歌谣，把法国谚语改成学究式的拉丁文，把祈祷钟①改成滑稽帽上叮当响的饰物。他背着一个用绳子捆扎的麻袋，里面并排放着一套五颜六色、缀满小装饰的碎花小丑服与一件接口处细缝密织的黑色法衣，都叠得整整齐齐，像夫妻一样紧挨着。腰带上挂着一瓶颠晃的酒，右手上缠一串黑色念珠。弗朗索瓦神父天性快活，雨天或者晴天，他穿过作物已成熟的田野，沿着白雪皑皑的道路走着，哼着小调，弯腰凑到酒瓶的玻璃嘴上，以便更好地吻她——这是他对酒瓶的称呼；没人见过弗朗索瓦神父吻别人。

我们这位吟游者，是一个用处不小的人：需要主持典礼，他就解开麻袋，取出黑色窄身法衣，把自己套进去，松开念珠，掏出十字架，并且严肃地皱紧眉头，参加仪式或为人涤罪；如果需要来一场节日娱乐（对于某些行会的业余爱好者来说，幕间节目或扮演魔鬼太困难了），就得从同一个麻袋里掏出那套缀满铃铛与亮片的小丑服，裹住他的宽肩膀。很难找到比吟游者弗朗索瓦更好的滑稽大师，既能让人笑出眼

---

① 祈祷钟（Augelus bell），天主教教堂里一种每日祈祷用的钟，可追溯至 13 世纪。

泪，又能妙语连珠。

没人知道他的年龄，他胡子刮得干净，面孔晒得黝黑，头顶光秃秃，原因可能是斑秃，也可能是削发。女孩们，在幕间节目时会笑啊笑，到最后却哭出来，或者在弥撒时会哭啊哭，直到露出微笑。有时她们会意味深长地盯着弗朗索瓦神父，但吟游者毕竟是流浪的人：做完弥撒，表演完幕间节目，他会收起黑色法衣和叮当响的小丑服，系紧背包，继续上路。他的手只抓自己的拐杖，他的唇只碰玻璃嘴儿。的确，大步走过田野时，他喜欢对头顶的飞鸟吹口哨，但鸟也是流浪者，同人对话时它们只需一个短语："休提。"也是在田野里，这位吟游者有时喜欢同自己的背包交谈。他会解开袋口，掏出黑色法衣和叮当响的小丑服，胡言乱语一番，比如：

"Suum cuique, amici mei（拉丁文，意为'我的朋友，给每个人属于他自己的'）。记住这个，我的黑松鸡，我的小丑鸭。如果这个世界上真的有了黑色笑声和小丑弥撒，你们，我的朋友，就得交换位置。但是现在，你还是得去闻香火，而你去应付酒渍。"

拍掉法衣和小丑服上的灰尘，弗朗索瓦把它们放回背包，站起身，一边沿着起伏的道路继续走，一边朝鹌鹑吹口哨。

　　一天傍晚，弗朗索瓦神父又累又脏，看到不远处有灯火。这是一个四五十户人家的小村子，中心有座教堂，周围是方方正正的绿色葡萄园。在村庄入口，他碰到一个人，两人互相问了几句：谁——从哪儿来——为什么——去哪儿？弗朗索瓦神父刚到"王牌最大"酒馆坐下，就有人喊他去照料一个快死的人。他一口气干掉一两杯酒，就把胳膊伸进法衣袖筒里，边走边系扣子，急匆匆地去拯救灵魂。

　　给那灵魂涤罪后，他回到酒馆。那时全村人都已经知道来了个神父，几个一直在"王牌最大"里等着的老农民说第二天是当地集市，请他早上来给大家一点乐子。碰杯——吟游者说"没问题"。

　　当天晚上，他在找地儿睡觉的路上碰到一个年轻人，提着灯笼。那黄色的眼睛掠过他的脸。在刺眼的灯光中，吟游者先是看到抓着灯笼杆的粗壮有力的手指，然后是闪闪发亮的牙齿和灿烂的笑容。

　　"您见到弗朗索瓦神父了吗？"年轻人问，"我在找他。"

　　"那就让我们一起找吧。你带镜子没有？"

　　"为啥要带镜子？"

　　"呐，没有镜子我就不能见到他了。你叫什么名字？"

　　"皮埃尔。"

　　"你的新娘子呢？"

"波玲。您怎么知道我有个新娘？"

"很好。明天，在祷告前。如果你们一定要合为一体，你不会找到比我袋子里更好的胶水。晚安。"

小伙子迷惑不解，而吟游者吹灭灯笼，走掉，让他陷在黑暗中惊诧不已。

第二天早上，弗朗索瓦神父开始卖力地工作：他先给生病的婴儿洒圣水，又为一个临产的女人祈祷，然后披上小丑百衲衣，把旅行和做法事的衣服拾掇进背包里，把背包交给酒馆侍者——一个瘦高、嘴大的小伙子，就往市场走，把乐子给赶集的人们带去。一首歌接着一首歌，俏皮话跟着俏皮话，时间过去了，但农夫们还嫌没笑够，不让他走。突然，钟楼传来祈祷钟声，农夫们摘下帽子，而弗朗索瓦神父拉起袍子，飞快地跑回酒馆换衣服，免得错过婚礼。

在酒馆门口，他碰到侍者，小伙子满脸疑惑，手里拿着神父的背包，那包奇怪地瘪了下去。

"先生，"瘦高个侍者傻傻地张大嘴，含含糊糊地说，"我也想去看你表演，结果回来就看到包里的东西没了。谁能想到会有这种事？"

吟游者把手插进袋子。

"空了，空了！"他绝望地叫道，"空空荡荡，就像你的脑子一样，你这个傻瓜！现在我只剩下一肚子拉丁文了，怎么去主持婚礼呢？"

侍者的脸一片茫然。神父把袋子夹在胳膊下面，往教堂奔去，一身叮当作响。在路上他再次搜寻空袋子：在最底下摸到了十字架，那贼把这个漏掉了。他连忙把十字架戴在小丑服外面，解开手腕上的念珠，冲进教堂，开始仪式。

"以主之……"

"Cum spiritu tuo（拉丁文，意为'与你的心灵同在'）……"一个杂役修士打算加入祈祷，却见一个小丑爬上讲坛台阶，吓得眼珠都鼓出来。台下一阵骚动：伴郎们退到门边，一个老农妇掉了蜡烛，新娘捂住脸，又羞又怒地哭，而魁梧的新郎和其他几个人一起把这个闯入者拖出教堂，痛打一顿，扔到距离走廊不远的地方。

夜晚清凉的空气唤醒了吟游者。他勉强爬起来，首先摸摸自己的伤，然后又摸了摸那个被丢在他身旁的麻袋。里面什么也没有，除了空无。尽管如此，他还是小心地打了两个结，把袋子抛到肩膀上，在草丛中找到拐杖，离开这个沉睡的村庄。他在黑暗中走，身上的铜玩意儿叮当响。天快亮时他在田里碰到几个人，一看到他的小丑装束，他们就惊恐地转头跑开，因为这个小丑幽灵本该在吱嘎响的舞台上，而不该出现在黑色的犁沟中。靠近附近的村子，弗朗索瓦决定绕着走：蹑手蹑脚经过后院和菜园，尽量不发出声音，免得引起注意。但是一条癞皮狗看到了移动的百衲衣，跳起来狂吠一通，叫声引来村民，很快就有一群叽叽喳喳的小男孩跟着他穿过田野，又是吹口哨，又是大呼小叫。

一个忙着修篱笆的农夫没有回答这位舞棚幽灵的问好，肩扛水罐的女人对他愉快的鬼脸也未报以微笑，而是低眉垂眼地经过。那天是工作日——忙碌而清醒的人们没时间也没理由笑。他们结束了开玩笑，把礼拜服放回衣箱最底下，穿上工作服，开启单调乏味、灰头土脸、漫长而艰难的连续六天。这个神秘的陌生人是迷失在工作日的一个假日，是搅乱他们简单日历的一个荒唐的错误：他们的目光从他身上一触即转，只给他留下鄙夷的笑容，或是冷漠的背影。现在他明白了，以精细的线和锋利的针，用炫目的碎片缝制而成的天使般纯洁的笑声，是多么的孤独与无家可归。他可以向太阳翱翔，但却飞不过鸡舍；鹰的灵魂安在咯咯叫的农村公鸡身上；所有的微笑都被关闭在假日，如同关在笼子里。不，不。走吧！

吟游者加快脚步，踏上了在土地上离开土地的道路。但是黏稠的黑色土地粘紧他的脚底，杂草和细枝抓紧他的长袍边，充满粪肥味的热风用尽全力把在暮色中变得暗淡的小丑服上的零碎饰物摇响。吟游者从肩头取下麻袋，解开结，最

后一次对它说话。"神圣的哲罗姆①写过：我们的肉体也仅仅
是衣服。如果此话当真，我们应该也洗洗它。"

麻袋像"王牌最大"酒馆的那个傻子一样张大嘴听着。
这位快活僧悬在陡峭的河堤上，用拐杖往下探底。没成功。
不远处，一块长满青苔的沉重石头陷在地里。弗朗索瓦撬松
石头，把它推进麻袋——自己的脑袋也伸进去，然后把袋口
的绳子系紧在脖子上。河堤只有一步远了。我敢说这是神父
的最后一步。

泰德结束了。他背靠门站着，像那种带弹簧的德国机械
玩具，而门上的黑色嵌板仿佛会突然张开，吞掉小玩具一样
的泰德，猛然关闭他和他的故事。

会长没让这沉默持续太久。"你被故事流裹挟了。这种
事常发生。"

"如果这是真的，我就不会像你们刚才建议的那样在死
亡中收尾了。"泰德搪塞道。

"费弗不会反对：结局已经注定了。但在中间，你把拼图

①　哲罗姆（Saint Jerome，347—420），早期基督教拉丁教父，曾根
据希伯来版本，用拉丁文重新翻译圣经，即《通俗拉丁文译本》。他在给
其女门徒尤斯多琴（Eustochium）的信中写道："听听耶稣对门徒所说的话：
'所以我告诉你们：不要为生命忧虑吃什么，喝什么；为身体忧虑穿什么。
生命不胜于饮食吗？身体不胜于衣裳吗？'"

搞混了。我猜并不是因为缺乏技巧。难道不是这样吗？我认为你的微笑就是答案。鉴于此，你必须给我们讲一个惩罚的故事。要更短，更清晰。我认为没必要休息。马上就开始吧。"

泰德不高兴地缩了一下肩膀。可以看出他厌烦了。他离开门口，坐回放在壁炉边的椅子，目光在散乱的火花与淡灰色的火焰中逡巡。

那好吧。既然很难用人物来即兴创作，因为他们是活的——即便是创造出来的人物——有时会超出作者的控制，甚至会反着干，所以我必须改用愿意忍耐的主角。简而言之，我将给你们讲的是两本书和一个人，只有一个人——这已经是我能力的极限了。

我们会在结尾一起想标题。而作为角色的两本书，它们是《口吃者诺特克》《四福音书》。我的第三个角色，就是那个人，不是那种"人物—情节"，而是"人物—主题"。对于作者来说，"人物—情节"非常麻烦，他们的生命包含太多行动、遭遇、巧合；把他们放进一个故事里，他们就会把故事撑成一部中篇小说，甚至一部长篇小说。"人物—主题"则无所不在，他们没有情节的生命会偏离主线，成为一个观念的一部分，沉默而被动；其中一个就是我的主角。他的整个存在被压扁在我要给你们讲的两本书之间。

即使在父母还活着时，这个人（名字不重要）就有一种孤儿的气质，被认为是个怪人。从小他就热衷于摆弄钢琴键，整日寻觅新奇的声音组合与节奏序列。但是就算真的有，人们也只能透过墙壁和一道紧锁的门听到。一天，一个音乐出版人极为惊讶地见到一个骨瘦如柴的年轻人出现在他的办公室，连他的眼睛都不看，递给他一本笔记本，标题是"对沉默的评论"。出版人探出被咬坏的指甲，掀开笔记本，快速翻动，叹了口气，再翻回封面，把手稿还了回去。

此后没多久，年轻人把钢琴键锁起来，试图把音符换成字母，但他遭遇了甚至更大的障碍：因为他——我重申一遍——是一个"人物—主题"，而我们全部的文学都建立在情节的结构上，他不能分裂自己，发散想象；作为一个"人物—主题"，他尽了最大的努力，但不是从一到多，而是从多到一。有时，一盒钢笔里会有一支无法拆分，它只是同其他笔的样子差不多，笔头也同样尖锐——但就是写不出字来。

然而，我这位年轻人，现在二十五岁的年轻人，坚定地认为世界是不可分割的，他以这种倔强和努力掌握了许多东西。他用别的名字统称这一切，但一种真正的直觉让他开始了一段冒险——这种方法吸引了许多想要把自己相对统一且严丝合缝的经验变得斑驳、多样化的人。那时他已经继承了一笔遗产，就乘火车一个站一个站地行走于这个多语言拼接的世界。这个有抱负的作者的笔记本很快装满了草记、概略，但他仍然没有写出一部作品，一部真正的作品，最终能够敲成字句的作品。在他用铅笔追逐的一切情节中，他的感受都像待在旅馆房间的人一样：一切都是陌生的、漠然的——对你，对其他人。

最终——经过许多个月的漫游——他们相遇了：人，主题。相遇发生在瑞士的圣高尔修道院①。我相信，那是一个雨天，我的主角因为百无聊赖而去到一个人很少的图书馆，在书架上，在灰尘中，他发现了《口吃者诺特克》。尽管诺特克②并非虚构人物，但他恰好在一千年前去世，除了他的名字，让我们这位情节收集者马上就产生兴趣的是他留下来的东西很少：只有少量真实性存疑的作品熬过了千年岁月。这意味着可以重塑他，让已然衰朽的东西重现灵光。到目前为止一直不走运的作者开始重新创造诺特克。修道院的书与手稿向他讲述了一个古老的、几乎被遗忘的圣高尔乐派。在尼德兰音乐家③之前多年，被山岭围闭的孤独的圣高尔修道院

---

① 圣高尔修道院（the Abbey of St. Gall），位于瑞士圣加仑州境内的一个宗教复合体建筑，其图书馆是全球最大的中世纪资料库之一。

② 诺特克（Notker Balbulus，840—912），作曲家、音乐教师、诗人，圣高尔修道院的本笃会修士。

③ 尼德兰音乐家，指尼德兰乐派，代表人物有迪费、沃克亥姆和若斯堪等。

中的修士们就在进行神秘的多声部实验，其中一位修士就是口吃者诺特克。传说有一天，他在一处悬崖上行走，听到锯子的吱嘎声、锤子的咚咚声，还有人声，他转向声音，走到一个弯道处，看见工人们正在加固一座将要横跨峡谷的桥的横梁，他没有走得更近，也没有被看到，而是站在远处注视、聆听，悬在深渊上的工人们用锤子敲打，欢快地唱歌，然后，他回到斗室，坐下来谱写了一首赞美诗：*Media vita in morte sumus*（拉丁文，意为"《我们在生命中途置身死亡》"）。我们的主角翻找图书馆里泛黄的音乐书，搜寻那些记述生命中被楔入死亡的方形纽姆①，但没有找到。经修道院院长允许，他把一整堆腐朽不堪的乐谱带回旅馆房间，锁上门，用弱音踏板钢琴弹奏古老的圣高尔修道院圣歌。弹完所有乐谱后，他只得尽情驰骋想象，在脑中聆听未被找到的赞美诗。那天晚上，这些曲调来到他的梦里——崇高而悲哀，以混合利第亚调式②缓慢地行进。第二天早上，他坐到钢琴前，努力复现梦中的曲调时，注意到诺特克的《我们在生命中途置身死亡》与他自己的《对沉默的评论》有着惊人的相似。他继续遍寻圣高尔图书馆，我们的侦探意识到，这位有着古怪绰号的古老音乐家一辈子都热衷于搜集适合音乐的词语和音节；

---

① 方形纽姆，7 世纪至 14 世纪天主教堂使用的一种素歌记音符号。

② 混合利第亚调式，中世纪教堂音乐八种调式中的第七种。

奇怪的是，他一方面尊崇声音的组合，另一方面却极为轻视清晰明确的人类语言。在一部可以确认是其著作的文章里，他写道："有时我静静地考虑过如何保证我的声音组合，好让它们可以免于湮灭——即使以词语为代价。"在他看来，作为帮助记忆音乐序列的符号，词语太多了，太混杂了；当他厌倦了挑选词语和音节，他会在一处"哈利路亚"停住，然后领着它穿过众多音程，为了其他深奥的意义而胡乱使用音节，对我们的侦探来说，这些给音乐配词的练习特别有意思。为了搜索这位杰出口吃者的纽姆，他先去了大英博物馆的图书馆，然后去了米兰安布罗斯图书馆①。在这里，发生了第二次相遇：两本书，如谚语所说，不满足于自己的命运，而是渴望成为命运自身②。在对圣高尔修士资料的不倦搜寻中，我的主角拜访了一位旧书商。那里没什么令他产生兴趣的书，都是垃圾，但是，因为这位书商陪着他忙活了许多时间，他有点抹不开面子，就随手指向一本书的书脊：就买它吧。然后他把这本偶然得之的书丢进提包，一同放进去的还有他的作品——正在慢慢合成一本书的松散的手写稿纸。在那个封

---

① 米兰安布罗斯图书馆，1605 年建立，藏有大量来自博比奥（Bobbio）本笃会修道院的手稿。

② 拉丁诗人和文法家特伦提阿努斯·莫鲁斯（Terentianus Maurus）在作品《音节》（De syllabis）一书中写道：根据读者的能力，书也自有其命运。这份书稿 1493 年于博比奥被发现。

闭了的包里躺在一起，页面相合如男人与女人相拥的，正是
《口吃者诺特克》与《四福音书》（被盲目地带回来的那本书，
是以古老的拉丁字母书写的关于四个福音传道者的老故事）。
一天得闲时，在心不在焉地读了这卷书后，我们这位音乐配
词法学生正准备把它放到一边，却突然被页边一条 17 世纪
留下的铅笔书写的笔记吸引了：S-um。

"一个无意义的音节。"费弗在角落里咕哝道。

正在翻阅福音书的年轻人起初也是这么想的。但是把 S
和 um 分开的连接号激起了他的好奇心。他的目光扫过《圣
经》拉丁通行本的边缘，注意到另一个墨水写的符号，括
起书中的两节："看哪，我的仆人，我所拣选……"和"他
不争竞、不喧嚷。街上也没有人听见他的声音"。一种模糊
的预感让他更加细致地查看书边，一页一页地看，三个章
节后，他发现了一处模糊的指甲印："……主啊，大卫的子
孙，可怜我。我女儿被鬼附得甚苦。耶稣却一言不答。"接
下来的书边似乎是空白的。但《对沉默的评论》的作者太好
奇了，停不下来，用灯光验视书页，又发现了几个隐约的印
记，是尖指甲留下的——在它们对面是"他被祭司长和长老
控告的时候，什么都不回答。彼拉多就对他说，他们作见

证，告诉你这么多的事，你没有听见么。耶稣仍不回答，连一句话也不说，以致巡抚甚觉稀奇"，或者"耶稣却弯着腰用指头在地上画字，像是没听到他们说话"。有些标记必须用放大镜才能看到，另一些则比较明显，有些比一个连接号还短，只挑出三四个词，比如"耶稣却退到旷野去祷告"，或者"耶稣却不言语"。其他标记则延伸过几节，甚至整段，整个故事——每一次，这些故事讲的都是永远没有回答的问题，一个沉默的耶稣。这故事被古老的圣高尔纽姆讲得吞吞吐吐，如同口吃，但到底还是讲出来了，被画上标记，刻下痕迹——用指甲跳过词语，奔向结尾。现在清楚了：在这破烂的大部头著作发黄的书页上，在四个讲述的福音旁边，有第五个福音，它无须词语，从边缘的空白处发出：基于沉默的福音。现在，那个 S-um 也有了意义：它仅仅是一个被压扁了的 Silentium（拉丁文，意为"沉默"）。能否讲述沉默而不破坏它？能否评论……哦，总之，书杀书——一棍子打死，而我不会描述我的"人物—主题"的手稿是如何被焚烧的。我只想说，它烧得像……

泰德转向拉尔。但是拉尔抗拒他的凝视，他抬起手掌遮住眼睛，坐着一动不动，似乎既不听，也没听到。

"至于题目，"泰德站起来，"我认为在这里，最好的词会是——"

"自传。"拉尔突然厉声回击。泰德的脑袋像公鸡一样猛地昂起来，他张嘴想说话，但声音却被一片窃笑、喘气、尖叫和吼嚷淹没。只有三个人没有笑：拉尔，泰德，我。

构思者们一个接一个地离开。拉尔是第一批走的。我想要跟着他，但手肘上感觉到熟悉的一按，我停住了。"有几个问题……"周六聚会的主人把我带到旁边，详细地询问我的看法。我的回答简略而随意，因为我急着去追拉尔。最终，手指和问题都放开了我——我冲了出去。在弧光灯耀眼的华盖下，我看到几百步距离外的一个逐渐变小的背影。我赶快追上去，匆忙中没有注意到他手持拐杖正在人行道上敲打。

"不好意思，打扰一下……"

被我错认作拉尔的人转身，闪光的圆眼镜沉默地瞪着我。

我尴尬地嘟哝了几句，匆匆跑开。折磨了我整整一个星期的问题还得再等到下周六才能解答。

4

周六又到了，本期揭示构思的任务轮到达斯。我走进那个空书架的房间时，故事正要开始。我想要躲开那些猛抬起来迎向我的圆眼镜，就把椅子拖近壁炉。炉火摇动黑色的影子，影子的主人们一动不动——并且马上恢复了之前的沉默与静止。

达斯用他粗硬的红色发茬顶撞空气，然后把下巴撑在手杖把儿上。他开始讲述，偶尔用手杖敲打作为停顿与破折号。

Ex：他们用这个词称呼——或者更精确地说，总有一天会用来称呼——我现在打算告诉你的那些机器。科学家们给了它们更长、更复杂的名字：差速观念发动机、伦理引擎调节器、具象化设备，还有一些我不记得了，但是更多人压缩简化了这些名字，只把它们叫作 ex。然而，我应该从最开头讲起。

我们不再知道关于 ex 的想法最初出现的准确时间——我相信，早在 20 世纪中期，甚至更早。一个晴朗有风的早晨，一个闹哄哄、乱糟糟的城市里的一个十字路口，几个大嗓门女人站在一家商店橱窗前叫卖胸罩。风不断地要把她们手中的货物掀走，拉扯带子，吹得蕾丝胸罩鼓胀如气球。拥挤的人群推推搡搡地经过，对风的挑逗与叫卖者的声音全不留意。在这喧闹的街头，过街横道上只有一个人突然放慢脚步，盯着那些飘动的东西看。注意到他的目光，叫卖者从人行道上冲着他又喊又挥手：我的——别买她的——我的——别买她们的——我的最便宜！一辆车冲向发呆的男人，猛地刹住——司机隔着玻璃愤怒地吼叫，威胁说要把他压成肉饼。但那个男人，没有变成肉饼或买家，而是从衣物上挪开目光，也从人行横道上移开脚步，继续走路。如果那个把我们这位路过者错认作别人——跑上去，然后离开——的面色潮红的年轻人，能够用眼睛看到他们身后，他会一劳永逸地理解：每个人都总会把任何人错认为其他人。

但是，年轻人、司机或者小贩，尽管目光被那个路过的怪人吸引，却既没有看出也没有想到，就在那一瞬，就是那个脑袋里，蹦出了关于 ex 的想法。这个神秘路人留给后世的只有零散的几张没有标题的草稿纸，当时他脑子里的联想是："风——外在形式的分离与膨胀——以太风——思想的内在形式的分离、外化与膨胀——颅内的振动、振动记录图；以太风的冲击波把整个的'我'赶出去，进入世界——连同皮带一起见鬼去。"这种联想的飞跃最终落入钳制中，逻辑开始工作，积累了几十年的经验打起精神来："我们必须使灵魂社会化，如果一阵风能把帽子从头上吹掉，吹到你面前，那为什么不用一种受控的以太流把藏在人脑袋里的全部精神内容从头盖骨下面吹出来？为什么不把每一个 in 都变成一个 ex？"

被关于 ex 的想法困扰的，是一个空想者，一个梦想家，他那颇为零碎的博学不能激活想法，也无法驾驭梦想。据说，这个匿名者，给人们留下了绝妙的提纲，却默默无闻地在贫穷中死去，他写的方案、画的草图，在很大程度上是幼稚的，在实际操作中也是无用的，但却在不同人的手中流转，最后落入工程师图特斯手里。在图特斯看来，思考就等同于建立模型，事物像风吹动帆一样推动他的想法。年轻时他就开始对旧的观念运动原则①感兴趣，并且立即建造了一个观念运动模型——一台用力学装置代替生理性肌肉挛缩的机器。甚至在看到匿名者的手稿之前，图特斯已经用自己大胆而精确的测试改进了古老的青蛙肌肉强直反应实验。比如，图特斯将覆盖在青蛙眼睛上的那层薄膜与其观念运动联系起来，从而可以让眼睛这样或那样动。他还可以在眼睛注视某个对象时吸引其注意，令其盈满泪水，让眼皮开合。为了创造出所谓的"人工观察者"，图特斯做了许多相当粗暴的实验，但

① 英国生理学家威廉·本杰明·卡朋特（William Benjamin Carpenter）在 1852 年提出了这一概念，将其描述为"头脑被某种观念控制，意志的指导力量暂停时，肌肉对这些观念做出的无意识反应"。

收效甚微，因为从青蛙神经中枢产生的生理性神经支配始终在起作用，持续干扰从机器产生的人工神经支配。匿名者的想法立即拓宽了图特斯的思路，也拓宽了他的实验范围。他意识到，机器必须控制那些有着明确社交意义的人体运动和肌肉收缩。匿名者主张，以动作作为其构件的现实，"部分太多而总和太小"；他认为，只有把神经支配从分别起作用的神经系统中取走，并将它交给一个单独的中心的神经支配者，才能根据计划组织现实，结束那个业余的"我"。把来自个人意志的颠簸替换为来自一个根据道德与技术方面最新发展而建造的"伦理机器"的颠簸，才能让每个人回馈一切反应：一个完全的 ex。

甚至更早，在完善自己的观念运动而未察觉其未来用途的时候，图特斯已经在它的基础功能中加入了与大脑的传出神经相关联的主要的肌肉。但是，随后，一个有点叫人反感的案例妨碍并搁置了他的作品很长一段时间。这个案例是，图特斯结识了一个社会名流，一个意志强烈、性情专横但却身患怪病的男人——最初是普通的半身不遂，后来扩展到全身，几乎全部自主肌肉系统都萎缩了。这种病让他的肌肉逐渐失能，连最基本的手部运动和日常的行走、对话，都要让他付出越来越多的努力。意志坚定的他专注于与日益严重的病情搏斗，但他的行动范围却不断缩小：肌肉变得越来越松弛，越来越软弱，最终他的精神被紧紧地卡在了一个无法动弹的、由松松垮垮的皮肤与脂肪构成的袋子里。接到这个可怜人的求助后，图特斯着手复苏其运动机能。每一天，通过收缩与放松病人的肌肉，神经支配者的按键会强迫病人的身体从墙边缓慢地走到门口然后走回来，迫使他挥动手臂，让他用力吧嗒嘴巴，清晰地说出词句。但是这样给予的行动是极为有限的：沿着盘卷的绳索，这位名流的身体随着机械键的咔嗒声作僵死的蹒跚，仿佛是在猛冲。的确，这位病人仍然能够缓慢而吃力地独力写下每个疗程的计划。经过三个星期突破生命的努力，这个紧紧捆扎的皮肤与脂肪的袋子，推动插在他绵软的手指中间的铅笔芯，试图涂抹着写下：杀了我。图特斯掂量着这个计划，决定把它变成一种experimentum crucis（拉丁文，意为"临界实验"，即能够决定某种假说是否正确的实验。这一概念最早为英国哲学家弗朗西斯·培根提出）。即使在图特斯用这个看似肌肉完全失能的对象所做的试验中，这位机械化的神经支配者的作品，仍然被与机器精确的乐谱交混在一起的无法理解的意志的抓挠给败坏了。不可能预测到意志的抵抗的每一种形式，更重要的是，用自杀做实验，在某一个时刻必然会出现机器意志与人的意志之间的狂暴冲撞。图特斯的行事如下：事先悄悄把子弹壳里的火药去掉，然后当着实验对象的面把弹夹插入左轮手枪，打开扳机，把这致命武器裹进他无力的手指里。接着，机器开始运作，实验对象手指抽搐，然后抓紧手枪握把；食指无法做出正确的动作——图特斯把这个难以控制的手指塞进扳机孔。再按一下键——他的胳膊弹起来，肘部弯曲，把枪管对准自己的太阳穴。图特斯仔细观察实验对象：他的面部肌肉没有对抗的迹象；没错，他的睫毛眨动，瞳孔放大成黑斑。"很好。"图特斯咕哝道，转身按下一个键——但是，真奇怪啊，这个键卡住了。图特斯再用力，他听到咔嗒的金属声。他先是检查机器，推压、放开那个现在又不卡了的键。然后他按了某个开关，那个有着无法理解的自我意志的皮囊突然向前一栽，像被子弹击中的飞鸟一样扑棱着翅膀，然后瘫倒在地。图特斯冲上去：实验对象死了。

匿名者的粗糙手稿，让我们的实验者（如我所述）重新投身实验，迫使他放弃那套由旧式的导线、终端、夹钳组成的系统，之前为了维持一个动作的传送者与接受者之间的直接关联，他那惯于建模的头脑已经在这种系统上耗费了太长时间。快速翻阅泛黄的纸页后，图特斯感受到匿名者想象中的"以太风"的第一道吹拂。对于动力工程，我的知识不足，无法理解他新的无线观念运动设备的结构。图特斯本人很快就完全被卷入他自己的专业领域中去了：问题是那种生理性的神经支配抵抗着通过以太转发过来的冲动，它们甚至比那些直接来自机器的冲动更强烈。经过多次重复实验后，近乎绝望的图特斯最终意识到：只有把实验对象的肌肉系统同神经系统隔绝，只有把一个人同其他人隔绝，观念运动才能完全控制实验对象的行动与行为。

正是在这个时候，他了解到两个姓"诺托蒂"的意大利细菌学家所做的实验。年长的那位老诺托蒂，在图特斯的研究之前很早就发现了"头脑寄生虫"。甚至在那之前，科学界就已经大体确认了噬髓鞘细胞的存在——这种细胞会吸收末梢神经的髓质，是导致神经炎的有形成分。但是我们可以设想，诺托蒂充分利用了显微镜和趋化性，最先碰到这种高度复杂、难以捉摸的头脑动物群。他喜欢说，诺托蒂模仿耐心的园丁，最终在密封烧瓶中以普通的胶状培养液的形式获取了不同种类和亚种的大脑细菌。他没法像孟德尔处理花粉一样在玻璃培养皿中处理细菌：首先，细菌同花粉颗粒相比简直是无限小；其次，微生物是无性的，这就排除了杂交法。但是他也有优势。比如，即使在神经原纤维的最纤细部分郎飞节①上，细菌在 24 小时内所繁殖的代数，就同公元元年

---

① 郎飞节（Ranvier's node），在神经细胞中，部分细胞是没有髓鞘的神经细胞。而在比较高级的动物的神经系统中，神经细胞的轴突部分是由髓鞘包裹着的。而髓鞘并不是完全包裹着轴突，它们是分节的。每一节大约有 1mm 长，节与节之间有一小段是裸露的部分，这些裸露的部分就被称为郎飞节。

以来人类的繁殖代数差不多。这样，如诺托蒂所说，只需要更紧凑的时间，他就能通过逐渐改变热量与化学效果，在细菌世界里取得在家养动物身上需要上千年才能实现的实验效果。简而言之，诺托蒂努力创造出了一种可寄生于大脑的类型特别的微生物，他称之为弧菌属噬菌体（Vibro phags）。弧菌属噬菌体被注射到脑膜下面，能迅速繁殖，然后像毛毛虫啃啮叶片一样，攻击主要聚集于大脑皮层下方的神经分支。弧菌属噬菌体既不是严格意义上的寄生物，也不是腐生物：这些无穷小的猎食者偷偷潜伏在神经鞘内，不吞噬物质而是吞噬能量，它们以振动为食，靠神经细胞释放的能量生存；它们阻碍神经能量的所有出口，堵塞头脑面向世界的所有窗口，截断头脑的信号，以给自己微小的身体供给能量。这一发现让老诺托蒂终于启动了他已经准备了一辈子的实验。这个人脖子像公牛一样粗壮，声音却像个太监，他一直希望为这个被长期埋葬和遗忘的关于"先天观念"①的哲学传说找到科学基础。"在新生的头脑还没有产生感觉之前，就派一

---

① 先天观念（innate ideas）：法国哲学家笛卡儿认为人们所获得的观念有三类，"有一些是先天的，有一些是从外面来的，有一些是自己制造出来的"。笛卡儿认为，只有第一类观念，那些不证自明的是最真实、最可靠的。在他看来，一些具有普遍性与必然性的简单公理与原则都是上帝在人出生前就放到人心里的，是永恒不变的真理，是人们可以信任，并借此推理演绎而认识世界上其他复杂事物的基础。而英国哲学家洛克对先天观念说提出了批判，认为人的心灵初始时就像一张白纸，向心灵提供精神内容的是经验。

支弧菌属噬菌体军团进入这头脑,"诺托蒂想,"在不损伤头脑的物质实体和分支的情况下,它们会阻断世界沿着神经纤维流入大脑。如果我们让运动神经(尽可能地)免疫,特别是让发音器官免疫,心灵就会吐露其 ideae innatae(拉丁文,意为'先天观念')。"

这个残忍的怪人(多数怪人都是残忍的),发现了不可见之物,却对显见之物视而不见。作为破烂陈旧的笛卡儿学说的信奉者,诺托蒂开始在他实验室附属的接种中心的婴儿身上进行这项危险的实验。结果等来了一场荒诞的法庭审判,报纸报道称其"令人恐惧"。这个老科学家被宣判对数十名儿童的死亡负有责任,他从实验室开始,以监狱告终。受害者的血泪摧毁了他的"著作",让它们被鄙弃、被遗忘。

然后,急于重建家族声名的小诺托蒂开始做 contrario(拉丁文,意为"相反的")实验:父亲试图封闭头脑的入口,儿子则试图用活细菌作为塞子,堵住所有的出口。贬黜老诺托蒂的法令让小诺托蒂感到压抑,他似乎想要永远废除所有的法令。也许没有人比小诺托蒂更厌恶匿名者所鼓吹的用行动丰富现实的想法,但他仍然是把匿名者的思想加以实践的最佳人选。

小诺托蒂很快创造了新类型的弧菌属噬菌体,这个类型的细菌只寄生于运动神经,潜藏于意志与肌肉之间。但这个顽固的家伙并不满意，在研究运动神经纤维内部的化学过程时，小诺托蒂辨明了彼此分离的神经干的趋化性①之间几乎难以察觉的区别。他发现了一个令人震惊的事实：控制人体自主行为的神经纤维制造出的化学反应，同那些交感神经系统的纤维与没有卷入意志努力的神经支配者颇有些不同。热爱旧式哲学图景的老诺托蒂可能会试图证明久已被放弃的自由意志原则，但他的儿子小诺托蒂讨厌形而上学的回忆，他锐意前行，对任何旧蓝图都不屑一顾。他再次使用趋化性诱使他的弧菌属噬菌体进入自主神经支配的系统。此前，在确定这个新亚种的特性时，他就将这种独特的微量细胞培养出的自体噬菌体命名为——或者说描述为——"事实吞噬者"；现在，不用冒着蹲大牢的危险，他可以把"事实吞噬者"注入神经系统纤维。父亲的厄运，还有他自己在法律方面的经验，让小诺托蒂格外谨慎：常规的实验路径是从兔子到豚鼠到人体，而他在人体试验前犹豫了。

　　一天傍晚，正在琢磨实验事宜的小诺托蒂接到通知，有个人从遥远的地方来，想要同他见面。

---

　　①　趋化性（chemotaxis），亦被称为化学趋向性，生物对外界环境中的化学物质刺激所产生的趋向性反应。指身体细胞、细菌及其他单细胞、多细胞生物依据环境中某些化学物质而趋向的运动，这对细菌寻找食物（如葡萄糖）十分重要，对于多细胞生物的发展，趋化性和其他正常功能一样不可或缺。另外，已证实此机制会在癌细胞移转中被破坏掉。

"让他进来吧。"

来访者跳进书房，三大步跨到矮胖的诺托蒂面前，握住他胖乎乎的手掌。此人的手掌瘦骨嶙峋，握力极大，镶牙闪亮，他向吃惊到脑袋上仰的诺托蒂介绍自己。

"图特斯。工程师。你有风车叶片，而我有风，让我们把谷子再碾细些。同意吗？"

"什么谷子？"诺托蒂跳起来，试图挣脱他善于抓握的手。

"我说的当然是人。我坐下来说。"访客高瘦的身体滑入一把扶手椅。"你把你的细菌给我，我把我的以太风给你，它的作用是收缩与放松肌肉，我们联手重建一切人类现实：从上到下——理解吗？我们已经从相对的两端挖掘了一条隧道——到此我们相遇了：镐对镐。我已关注你的工作很长一段时间，虽然你很少发表实验成果，我也是这样。我仍然要预测：如果把你的一切同我的一切联合起来，就会颠覆一切。这是图表，"——图特斯拿出一个公文包——"我的 ex，对你的 in。现在给我看你的细菌。"

"它们很难被看到。"诺托蒂试图忽略这个出乎意料的要求。

"它们的意义甚至更难看到。但是，我能看到它们。"

"你在冒险。"诺托蒂开始结巴。

"我会抓住机会一试，"图特斯把公文包砰的一声拍到办公桌上，"但还是继续谈业务吧。这里有一张必须从神经系统中解放出来的肌肉的名单。植物性过程的神经支配，一部分心理无意识行为装置，这些我们可以让人们保持原样。而其他的全都要服从于我的以太风：我会让这架风车的扇叶按照我要的方式旋转。哦，我的 exes 将会产出纯粹的谷物！"

"但是一个人必须要有资本——"

"我们拥有的会比我们知道的更多。你会看到的。"

两人达成了某种协议。

不久以后，世界上几个大国的政府都收到了诺托蒂和图特斯发出的一份简单的备忘录，标明"紧急"和"机密"。这份备忘录以精确的图表和数字为支持，提出建立 exes 的计划，并且列出了由此设施产生的——经济和道德方面——令人意想不到的好处。某些指明的收件人从来没有收到这些计划，它们被遗落在某些部门里。其他一些收件人则不屑一顾。但在某些国家——主要是那些汇率不稳、债务膨胀、惯于抓住最后一根稻草的国家，这个计划被送到一个委员会，快速审查、讨论。图特斯同时收到两个首都的召唤，于是只能先去其中一个。经过一系列秘密听询，机械神经支配被决定用于对抗精神疾病。当时（故事中的当时），精神异常者的数量成倍增长。单靠科学无法处理这样的灾难，它同日渐增长的精神压力与日常生活的扭曲密切相关。反社会精神疾病的比例飞速上升，加重了对社会的威胁：暴力性的精神病患者，不可治愈的偷窃癖，色情恋物癖，潜在的杀人犯……治疗和管理所需的巨量资金成了国家财政预算的巨大负担。"为了照顾患病的上百万工人，国家就会失去数十万甚至更多的工人，每年还要花费越来越多的资金建设新的精神病院，雇佣医疗人员，等等，"计划书写道，"与其把病人同健康人隔离，为什么不在精神病患者自己的机体内把疾病同健康隔离呢？精神疾病只破坏神经系统，肌肉系统则不受损害。给无法从事对社会有用的工作的精神病患者注射由诺托蒂教授发现的细菌，其肌肉系统——同头脑一起从社会中被窃夺——就会回归其正当的主人。竖起一个 ex，所有精神病患者的肌肉——从它们自己的神经中心（即便对社会还不构成威胁，但显然也是无用的）转接到一个单独的中心神经支配设施，比如图特斯 A-2——将会去工作，不要报酬，只为社会与国家好。建一个相对廉价的 ex 不仅有助于减轻国家财政负担，还能在一夜之间产出新的巨量的劳动力资源。"

不久以后，第一个 ex 那细长的玻璃管就拔地而起。光亮透明的金属电缆与丝线，从它透明的杆茎状的烟囱上延伸出来，似乎消融在空气中，结果在开幕及启动仪式那天，当祝贺的人群涌向围绕着巨型外化装置的金属栅栏时，人们能看到的只有一片朦胧的空白（当天有雾）。人们开始纷传：资金被盗，投资虚假，预算膨胀。首相登上讲台，摘下大礼帽，露出秃顶，指着那片空白，冗长地讲述了一个光辉灿烂的时代。他说的话，像是从一块烂糟糟的旧地毯里拍打出的灰尘，他还转动眼睛斜瞄围绕于身边的空白——偶尔，嘴里还在说话，他心里却想道："如果它真的不存在，那会怎样？"那个 ex 后来对首相实施报复——在事件过程中——把他变成了一个前首相（ex-premier）。

人们感到既失望又可笑，开始散去，空中突然传来奇怪的声音：一种轻柔的、玻璃似的尖细颤音，越来越高，像一根小提琴的琴弦被不断拉紧直到断裂——ex 开始工作了。

第二天去上班的人们注意到，城里出现了许多奇怪的人：穿着和其他人差不多，但走路时带有一种抽动的节律，每秒两步，不多也不少；他们双手抱胸，头像是楔在肩膀中间，一动不动的瞳孔似乎是被拧到那个位置的。急匆匆奔赴各自目的地的人们没有立刻明白这就是第一批从精神病院里释放出来的人——按照诺托蒂的方法，他们的肌肉与自己的神经中枢脱钩，然后改由 EX 一号驱动。

这个系列的精神病患者的机体已经用弧菌属噬菌体处理过，无痛苦地与头脑分离，并做了适当的调整——每个新人的肌肉组织如今都是自然的触角，与那个巨型神经支配器调谐，从事共同的机械任务。

晚上有流言传来：以太风驱动的人已经遍布整个城市。他们下班回来时，激动的市民聚集在街角向他们欢呼，但他们毫无反应，只用那同样抽动的步伐——每秒两步——走着，双手抱胸。母亲们把孩子藏起来：毕竟他们曾经是精神病患者，谁知道他们会干什么！母亲们被告知不用害怕：万无一失，自动防故障。

在一个十字路口出现了奇怪的场景：一位老妇人在经过的新人中认出她的儿子。两年前他被套上约束衣带走。她惊喜地尖叫，冲向儿子，喊他的名字。但这个 ex 驱动的人大步往前，鞋子均匀地踏击人行道，他的脸上没有一根肌肉抽动，紧咬的牙关里也没有发出一点声音：以太风的吹拂无所不在。老妇人歇斯底里，被人强行带回家。

人们开玩笑地把这些人称作 "ex 人"，第一批 "ex 人"只能进行最简单的活动。他们能够走路，能够抬高或降低控制杆——这就是全部。但在几个星期之内，由于差速齿轮逐渐得到运用，精神病院成员们的加工工艺也越来越先进。根据诺托蒂—图特斯系统组织起来的生命变得越来越复杂，现在你可以看到擦鞋工死气沉沉、一板一眼地擦鞋——上，下，上，下。一家时髦的酒店有 ex 驱动的门童，从早到晚站在门边，手握门把，用短促、迅疾的动作，一会儿拉开，一会儿关上，把那些来看新鲜的人赶进入口。第一部神经支配设施的建造者们还没有预料到所有偶发情况，无论如何，没有想到如下情况：一天，著名的专栏作家图闵斯入住这家酒店，他走下楼时心不在焉，眼睛一直盯着酒店里的各色物事与面孔，想要给接下来的专栏找个题目。他的目光落到正为他自动打开门的门童脸上就定住了，对方的眸子让他慌忙后退——他撞上了墙，但还盯着对方，沉思着，又咕哝道："题目找到了。"

很快，这位颇受欢迎的作家就发表了一篇专栏文章，名为："为 IN 辩护"。文章简洁地描述了两双眼睛的相遇：无论它们来自何处。图闵斯邀请所有市民——首先是 ex 的建造者——更加频繁地凝视那些受机械操纵者的眼睛，然后他们就会明白，人们不能为 ex 所为。人们不能强迫他人过着一种异形的、批量生产的生活。人是一种自由的存在。就算是疯子，也有发疯的权利。把意志的功能托付给机器，这是危险的，大家还不知道机械的意志想要什么。图闵斯热情洋溢的文章结尾是一句口号：IN 反对 EX。

作为回应，一份机关报头版刊登了一篇社论，传言该文作者是图特斯。这篇未署名的文章指出，图闵斯针对一双瞳孔的歇斯底里的大爆发，被不合时宜地加上了挽救整个社会有机体的目标——他关于"自由意志"的长篇大论已经是几个世纪前的旧货了——在一个以科学为依据的决定论的时代甚至有点叫人发噱。至关重要的是，精神疾病，其反社会意志是对社会的威胁，所以不应该被给予自由意志（既然这种东西并不存在于自然中，那也必须是被生产出来的），而应该被给予来自意志的自由。政府将会毫不退缩、坚定不移地推进这一工程，制造越来越多的 ex 驱动人。

但是图闵斯不肯罢休。他对上文的所有论断都做出了回应，并且，不满足于媒体辩论，而是创建了一个"美好旧大脑协会"，组织了一帮同情者进行抗议集会。活动参与者佩戴的徽章上画着大脑的左右两半球，还印着一句口号：IN CONTRA EX（拉丁文，意为"in 反对 ex"）。当政府开始在 EX 一号旁边建设改进过的新 EX 二号时，美好旧大脑协会的支持者们倾巢而出，威胁要摧毁这台机器。军队被派来镇压抗议，仿佛是为了证明 ex 保卫自身的能力，ex 人的武装支队和军队一同在街头列队行进，一秒两步，井然有序。

图闵斯的组织准备迎接更多的镇压——主要是逮捕——但接下来却没发生。在内阁的一次秘密会议上，已经逐渐积累了越来越多权力的图特斯，力排众议做出一个决定，并交付给一个 ex 去执行。图闵斯随后消失了——不太长，就几天——之后就突然改变了立场，从 contra（反对）变成了 pro（赞成）。人们说，图闵斯在死亡威胁下叛变了，还有别的说法。这些都不是真的：图闳斯仅仅是被一个 ex 驱动了。一个超级复杂的微分器控制了大作家的说话模式，并接管了他的笔，强迫他自食其言。图闳斯心中仍然诅咒、憎恨一切 ex，但他的肌肉与心智分离了，采用热烈而有效的辞令支持制造更多道德机器。图闳斯的崇拜者们拒绝相信他会叛变，坚持认为那些文章都是伪造或假托的，但他的手稿被复印张贴在市政厅的玻璃橱窗里，让哪怕最极端的怀疑论者也哑口无言。被"斩首"的美好旧大脑协会渐渐解散，特别对许多人来说，因为制造了更多机器，未来倒也显得颇有吸引力了。比如，服兵役的义务就不用健康公民承担了，而是交给了被激活的"疯人"，政府说，这是社会道德与卫生的问题，牺牲健康状况有问题的人比牺牲健康人更有意义。结果就是，让许多健康人认为是反自然的、滑稽可笑的那些机器却被称作"道德的"，显得那么正当，并且一点也不可笑。

ex 的飞地日益扩张。当然，应该问问：为什么要造那么多机器？如果它们只是针对精神病患者，难道不是太多了吗？但是建造活动的狂热让每个人都激动了。似乎以太风越出了边界，扫清了世界上的一切批评与怀疑。我害怕它也会扫清我和我的言语……

达斯突然停下，手杖也停止敲击。他似乎卡住了，圆眼镜不安地盯着我们。

"是的，我差点错过关卡——我的主题——依我看，它现在可以有两条路径。它可以选择 ex，把它们的以太风暴变成一场一切生理性的神经支配都无力抵抗的飓风，然后……但是，然后我会不得不放弃相关的'事实吞噬者'主题。不会那样：一旦引入了一个形象，就一定要让它延续到最后。一个情节的结构就像是一个 ex 的结构：激活是可能的，取消是不可能的。所以我选择让主题顶着这股风航行。接着听吧。"

诺托蒂的细菌学实验室里的工作一刻不停地进行着。他让助手们去寻找一种更加强悍的弧菌属噬菌体，自己则着手研究人体是否可能对事实吞噬者免疫。很快，两项任务都或多或少地完成了。一方面，他的助手们获得了一种抵抗力极强的噬菌体，可以忍受脱水、温度变化，能在脑外任何环境中短时间生存。另一方面，诺托蒂发现了一种新的化学复合物"init"（此处意为"初始化"），在注入血液，无损伤地穿透大脑后，会杀死噬菌体，并让有机体一劳永逸地对其免疫。经过初步试验，几个已经由 ex 驱动的狂暴的精神病患者被注射了 init：他们原来的病涌出大脑，重新涌入肌肉。这些精神病患者在实验室里狂怒地摔打，四处破坏，并被马上消灭，试验宣告成功。图特斯指示诺托蒂教授开始批量生产 init。在最高政府委员会的下一次秘密会议上，金牙闪亮的图特斯报告道：

"如果说我赞同以太风仅用于精神病患者，那我会觉得自己是疯了。无形的 ex 森林正在每日生长。很久以前我就宣布放弃人工调谐肌肉系统的方法。任何肌肉组织，只要同头脑隔离开，其神经就会被正确的频率支配。我们的每个 ex 都被设计为一种特定的频率，一旦开始运作，就会激活与此频率调谐的一整个系列的人们。当然，考虑到他们的肌肉接收者已经从内在的神经支配上被切断，也就是那该死的'美好旧大脑'，我恐怕它还会给我们制造许多麻烦。总而言之，我们都知道，我们的国家给世界供应所有种类的罐装食品、提炼物、干果、压缩营养品。这种新的弧菌属噬菌体足够强壮，可以抵抗压缩、脱水等处理，最终到达全世界消费者的机体，然后被血液带往大脑……当然，init 应该被严禁出口，只能留给我们自用。不需要我描述，你们也应该想得到，init 和 ex 之间将会出现一个怎样的新世界，而我们又能从中获得多大的利益。"

很快，无数的弧菌属噬菌体培养剂被压入块状汤料，干制和冰冻进各种食品，被封存进成千上万的罐头里，运往千百万毫无怀疑的嘴里，让它们自己吞下自己（如果可以这样表达的话）。诺托蒂没有用助手，第一批 init 生产得非常慢，只供应给极少数顶级政府官员及其随员：把所有的精神病患者都托付给 ex 后，他们决定先给最理智的人（也就是他们自己）免疫，以避免被机器驱动。在未来，更多的 init 生产出来后，将会在资金被用于建造各种 ex 的地区，由中心分发给所有获得授权的公民，但是……但是诺托蒂突然死了。在实验室发现尸体时，他脖子肿胀，眼珠突出，死在玻璃瓶罐中间。有关 init 的笔记或方程式没找到。诺托蒂总是随身携带的装有少量 init 的小药瓶（除了图特斯和秘密委员会成员，没人知道其存在）也不见了。这下连图特斯都又紧张又迷惑。在委员会紧急会议上，这个早已惯于给人答案或拒绝回答的男人，第一次提出了问题："应该怎么办？"

最年轻的委员会成员，名叫泽士，他站了起来。

"为什么不是泽斯？"泽斯跳起来，带着困惑的微笑扫视我们。

构思者们交换目光。

但达斯还是继续讲了下去。

就这样吧。如我所说，某位泽士站起来，此前他很少表现自己。他聪明而残酷——是那种被迫用剪影替代有血有肉人物的幻想故事中不可或缺的传统的反派。是的。他有答案：启动 ex。所有的 ex。毫不迟疑。

委员会成员一阵骚动。图特斯反对。

"但是，免疫项目还没有实施。所以，ex 甚至能够驱动——"

"那就更好了。管理者越少，越容易管理。而且，难道我们不应该考虑 init 消失这一事实吗？我们的计划，包括 init 的秘密，就算还没有，也可能落入不当之人的手中。如果继续拖延，关于我们计划的传言就会泄露到国外，甚至在那之前，本国人若是有所察觉，也可能干掉 ex，也干掉我们：你们认为他们会因为我们的免疫而饶恕我们？"

"不——"图特斯的声音显得犹疑，"但现在启动 ex 还是太早了。细菌还没有到达世界上所有的头脑。而且，我还不确定，我们那些超级强大的 ex 就算同时启动，是否能够驱动超过三分之二的人类。可能会出现个体肌肉组织的差异——还不能根据 ex 系列来把它们全部分类。"

"好极了，"泽士插嘴道，"世界上肌肉组织的三分之二就够了，足以让 ex 群体压倒没有被 ex 驱动的人，完全够了。我提议按照如下步骤进行。第一，把带有细菌的罐装食品也投入本国市场——以最低价格。第二，不惜成本，短期内建成我们的超高能量的超级 EX。第三，工程一完工，就从科学研发转到政治治理。"

泽士赞成图特斯的看法，在对头脑的争夺中，细菌会击败思想，但情况发展得比他预计的还要快。紧急会议后的次日上午，工人没有出现在 ex 建设工地，街头呈现出一派敌意：新印刷的非法传单到处流传。城外，一场示威游行嘈嘈作响地即将成形，被派去包围示威者的军队拒绝服从命令。泽士意识到一定得分秒必争。他没有浪费时间召集委员会，而是带着一队亲信冲去神经支配设施的透明杆矗立的那片无形的飞地。没有人阻止他们——所有操作人员都去参加示威了。

被传单召来的一群人肩并肩地聚集在紧挨城市边界的一条巨大的深沟里。演讲者爬到树上尖着嗓子喊叫：有些人说的是一个被部分揭开的阴谋，另一些人说的是公共资金被浪费、去向不明，有人说这是叛国行为，还有人说要报仇、要雪恨。涌动的人群举起拳头和棍棒，嘲讽的怒吼上回荡着雷鸣般的颂歌。因为太过嘈杂，没人听到轻柔的、玻璃式的尖细声音穿透空气。但是某些奇怪的事情已经开始发生：部分人群突然散去，返回城市。树上的演讲者以为是自己的发言刺激了群众去行动，但他们错了——是第一批新一代 ex 发挥了作用。人群一片寂静。现在人们可以听到神经支配设施混合的鸣响。另一个高音调的铃声在回荡，一支新的队伍开始成形，像磁铁吸引铁屑一样把人们聚集起来，与之前的队伍呈 90° 的折线朝另一方向延伸。甚至盘踞在一棵橡树上的年轻鼓动者也能看出，这些人不是要去复仇或者毁灭，他们全都胳膊抱胸，列队前行，步伐机械而精确。这位年轻人几乎因为愤怒而哭泣，他在撤退的人群后面高喊，却只感到某种无形的力量揪住了他的肌肉，松开了他的拳头，把他的胳膊拽向胸口。失去平衡的他从树上摔到地上，但却无法哭喊：无形的力量也钳住了他的下巴，强迫他严重受伤的双腿动起来，膝盖打弯又伸直，追赶那支队伍。他的心中涌起仇恨与无能的狂怒："如果我能回家，拿到枪——会给你们好看的。"他的脑子要反叛，但肌肉却强迫他反着干。"我要去哪儿？"这个被隔绝了的想法冲击着他的脑子，而他的腿却像是做出回答一样，领着这想法的主人慢慢地——一秒两步——走向无形的飞地周围的铁栅栏。"这样更好，"这位鼓动者感到高兴，"我正想去那儿。"带着近乎肉欲的愉悦，他想象自己用手头拿到的随便什么东西捣毁那透明的纤维，刨掉那玻璃杆，从它们看不见的旋转部分上扯掉线缆；他的脚步似乎作为呼应，领着他走向零件纵横交错的最大的 ex，那个还没完工的超级 EX。他用力拉伸每一块肌肉——似乎有什么神秘力量在帮助他——抓住一根才转紧一半的玻璃杆，但是随后，他的手就像是偶然一样沿着玻璃杆滑溜溜的表面滑下来，接着就开始慢慢地，但却有条不紊地把那根玻璃杆拧紧到位：到了现在，这个可怜人才明白，他和其他人，被自动地安置到这儿来，是为了完成 ex 的建设。

　　开始从无形的飞地中吹出的以太风很快颠覆了这个国家的每个邻国的体制。猛烈的以太风能够煽动革命，泽士称之为"机器制造的革命"。这个过程简单极了：像把玩线控傀儡一样控制肌肉，ex 在主要城市聚集起木偶般的人群，然后强迫他们包围政府大楼，高声齐唱某些简单的两词或三词的口号。逃避被神经支配器驱动的人们只能跑——远离那些机器的以太触须。但是，超级 EX 很快就完工并开始运行了，它的控制力甚至到达大洋彼岸的肌肉。逃跑者的乌合之众试图组织抵抗，相对于那些节拍器般直直走路、无法自己决定方向的新人，他们也有某些优势——行动灵活且复杂。现在，统治者们开始有条不紊地逐个街区消灭不受驱动者。"新人"们以绝对整齐的队列大步前进，像干草机碾压成熟的草场——从边境到另一道边境——刈割路上每一个活物。出于致命的恐惧，人们藏进森林深处，或者躲进地下掩体，有些人模仿新人们机械的动作，参加他们的队列，逃过屠戮。如我们的泽士所设计，扬弃人类谷壳的工作，在每个地区，由接受过免疫的两三百人中的特别观察员加以指导。当以太扫帚做完大扫除，所有民族融合成一个单一的世界国家，国家的名字结合了机器与试剂的名字：Exinia。

做完这一切，泽士宣布进入和平发展阶段。第一道敕令是创造能够为图特斯系统中的机器服务的人类机器，要有理性的灵巧与熟练的自动型。在政变与随后的战斗中，那同样的一小撮接受免疫的官员不得不人工操纵机器：运行 ex 的工作需要复杂的运动，还要考虑同样复杂的信号。图特斯最后的创造，一个运行所有 ex 的中央 EX，终于完工了，极大地解放了为提供神经支配而艰苦紧张工作的寡头们。第二道敕令是，取消 Exinia 全境的公共教育：教导人们似乎已经全无必要，因为一切都可以交给神经支配者。留给公共教育的资金转而用来改进无形飞地中那个单一的中央神经系统。同时，每个人的"ex"，他的肌肉潜力，都被登记注册。坐在中央 EX 的控制器旁，泽士总是精确地知道他手上有多少肌肉力量可用于这项或那项任务，按照他觉得合适的方法分配或者重新分配。很快，Exinia 的城市就耸起无数巨型摩天大楼：没错，它们全都是根据由以太波线条决定的同一种设计建造，街道直如保龄球滚槽，沿着子午线和平行线，从住宅区通往工厂，从工厂通往住宅区。工人们的一切可供应的力量都被神经支配者接管，他们生活在光亮而宽敞的豪宅里，吃得也好，但是否感到幸福就不得而知。他们的精神——与外部世界切断，隔绝在与肌肉组织分离的脑子里——没有任何存在的迹象。

政府专注于将生活全面 ex 化，全力维持这种生活。"计划之爱组织"要求再修建一座交配 EX，定期猛吹简短而强烈的以太风，让男人爬到女人身上，交合，完事儿，好用最短的时间获得最大数量的受孕。顺便说一声，获得免疫的人中有泽士的一名私人秘书，一个年轻人，额发同我们的莫弗一样。懒得再想名字，就让我叫他穆弗吧。

"你起名儿的方式可真是轻慢啊，"莫弗恼火地说，"我建议你——"

"秩序！这里只有我有权提出批评，"泽斯提高嗓门，"继续讲故事吧。"

这个穆弗在 ex 化之前很早就徒劳地爱上了一位女士，尽管他条件很好，但那位女子对他并不看重——穆弗决定用 ex 来协助自己满足私欲。对于机器来说，这没什么差别。在一个指定的时刻，它把那个女人送到指定的地方，但它的影子并没有消散。紧张而多疑的穆弗即使在做爱的过程中也能够感觉到它的存在——清晰得几乎如同幻觉，他能听到钢制的转子在旋转，振动电流关闭又打开，还有单调的高音呼哨。是的，我的朋友们，一直拉扯着那些网眼状半球的皮带的风——那第一天，还记得吗？——只能用空气充满它们。ex也能够制造任何东西，除了情绪。每个早晨，我们可怜的莫弗——对不起，穆弗——都悲伤而自闭。对他很和气的老板，开始搓手，吹嘘重新组织世界的任务几乎已经完成，而穆弗只是报以沉默，还有阴郁的目光。

一种持续了数月、数年的现实就在几米开外的地方，等待被解读，等待被正确的领会与传播。历史，以近乎天文学的精确度，被提前计算，变成了一种精密科学，其效果得益于两个阶级的辅助：init（统治者）与 exon（被统治者）。似乎没有什么能够扰乱 Pax Exinia（拉丁文，意为"Exinia 统治下的和平"），但是……

第一批"计划逃避者"（最高委员会的一次会议上为其拟定了这一名字），像是这个被驱动的世界上出现的异常。比如，某些（显然是接入了错误的神经支配）exon 过桥时不是纵向走，而是横向穿越；相当数量的退出者，他们的肌肉不得不被注销；ex 的折旧率偏高。然后交配 EX 开始出现故障：对人类产量的预测落空了——生育率非常低。这可能还不算太紧要，但当掌管 Exinia 国内所有 ex 的中央 EX 运行中开始出现无法预料的技术错误与缺陷时，情况就变得紧急了。遭到问题轰炸的图特斯心不在焉地摇头，最终宣布："要检查机器，就必须停机。"

经过一次冗长的会议，作为测试，Exinia决定停止EX一号。选择EX一号是因为：第一，这是运行最久的EX，出故障也最多；第二，你们应该记得，它驱动的是精神病患者——牺牲他们看似最为人道。

在指定的日子，指定的时刻，EX一号切断神经支配，突然之间，几百万人——像船帆没了风——坐下，瘫倒，委顿在地，不管当时身处何地。一些init经过被注销的exon身旁，看到这些"尸体"的眼睛还在动，睫毛扑闪，鼻孔翕张（某些对操控无害的肌肉仍由exon自主控制）。接下来的三四天，人们经过这些成堆的、不能动弹的人类肉体时，不得不掩鼻，因为他们已经开始活着腐烂。然而，机器的检修仍然没有结束，出于公共卫生的考虑，这些睫毛扑闪的肉体不得不被倒入深坑，填土埋平。

与此同时，EX一号完全被拆成了零件，漫长而艰苦的检查造成了意想不到的结果。

"神经支配设施运行完美，"首席专家图特斯骄傲地宣布，"对机器的指责是错误的。但是，如果故障的原因不在ex身上，那么……一定是在exon身上，根源是他们的精神被隔离、被忽视。我最近观察到一件简单而有教育意义的事：一个exon，被安置在一台机器的把手旁，神经支配安排他从右往左转动把手，但他实际上一会儿往左转，一会儿往右转，仿佛他的肌肉被两种相互冲突的神经支配所控制。是的，当我们切断他大脑与世界的通路，也切断了我们通往他心灵的通路。如果门是关着的，那你就没法越过门槛，无论从里还是从外，都不行。当然，我并不在乎所有这些类似灵魂的附件，在过去的野蛮时代，它们被赋予了多么荒唐的名字，比如'内在世界'，等等……"

"你也不在乎，达斯。"莫弗给这故事轰然一击。不顾会长的警告手势，他把怒气冲冲的面孔转向达斯，说得那么快，几乎把自己的话给吞掉了。莫弗对故事的侧翼发起攻击："是的，你，像你的图特斯和泽士，对这整个幻境中唯一有趣的东西毫无兴趣——就是那个被剥夺了肌肉的精神，被窃走了行动能力的灵魂；你从外面进入事实，而不是从里面；你比你的细菌还糟糕：它们吃事实，而你吃事实的意义。告诉我们这故事讲的不是 ex 而是 exon，而且……"

如果你愿意相信，我会说穆弗同你有同样的感受。在我提到的那次会议上，在图特斯发言后，他——有点让他老板吃惊——跳起来，目光闪闪，开始说……但是莫弗已经饶过我了，让我不必重复他说的话。谢谢。我会继续讲。而且，这个穆弗，我已经告诉过你们他的生存状态，你需要知道，他把闲暇时光都用来写短篇小说。当然，是秘密地写，而且纯粹是"写给自己"，因为找不到"其他读者"……在 ex 的时代，文学同所有那些"内在世界"一起被完全切除了，所以也就绝无可能找到读者。穆弗的一篇小说——《离散人》，我相信是这个名字——描述了一位杰出的思想家的故事，当无形的飞地发生政变时，他正在完成他的思想体系，用以发现新的重要意义。他也被突如其来地召入了"自动人"的行列，做起了同样简单的工作，五个或六个动作，日复一日，无力抛弃人性，那是他仅剩的观念：在一个行动与思想、构思与实现分离的世界，他就是一个离散的人。

另一个故事关于一个漂亮女人，她的美从灵魂深处一直发散到手指尖（传记经常会写偏）——机器把一个她痴爱的男人给了她，而"他"并不知道，而且也永远不可能知道了。这个故事的稿纸上被划掉了许多行，还有许多墨水斑点，所以我没法告诉你更多。

最终，我们这位"大有前途"的年轻作者决定考虑一种同时满足存在与 ex 化的生命。这个故事关于一个男孩，他缓慢地进入青春期——在自我意识觉醒之前，他就被 ex 驱动了。对于这个存在来说，没有任何世界存在于 ex 之外：对他来说，ex 是超验的，他把自己的行动视为外在的事物，正如我们看待周围的物体与身体。他认为自己的身体是从他的意识上摘取下来的，绝对不会与它相连。简而言之，他认为，机器的运转决定了一切客观现象，是与时间和空间同等的第三种康德意义上的感知形式。这个男孩从不知道意志有可能直接传递到行动，也不知道构思可以传递给现实，这种 ex 化的思考自然会导致他从构思与意志的世界自身来认识它，并导向一种极端的唯心论。然而，一步一步地，穆弗将他的主角领出了这个封闭的圈，强迫他寻找并找到了一个避开 ex 逻辑的例证：和之前的小说一样，通过幸福的巧合（多么稀罕啊），心灵的祈祷碰巧被一个 ex 的行动回应。这些偶然的协调瞬间让这个 exon 开始梦想另一个世界——在那里，此种例外反而是常规，但是我不会讲完这个故事，因为穆弗没有讲完：泽士发来电报，要求穆弗立刻去见他。

穆弗发现他的老板有人陪同——尽管"陪同"二字并不准确——泽士站在两个 exon 前面，那两人被安排坐在扶手椅里。

"根据你在上次会议的发言，我如果没理解错的话，你应该乐意踏足另一个世界。关门。很好。现在我会为你打开这两人的灵魂。坐下来，认真看。"

"但我不理解……"穆弗嘟哝道。

"你马上就会懂。2 小时 40 分钟前，我给他们各自注射了一克 init。这个小药瓶里还有足够两三个人用的分量。第三个小时快结束时，init 就会起效。现在注意了。"

"但是，这就是说诺托蒂……他的死因。"穆弗目光迷惑，飞快地从两个木偶转向泽士，又转向桌上那个小瓶子。

"别说废话了。看，有一个开始动弹了。几分钟前，我让他俩都接触了驱动。那意味着，你意识到……"

两个木偶中的一个以怪异的方式抽动起来，挺起胸腔，攥紧拳头。他的眼睛仍然闭着。然后嘴里开始涌出泡沫，眼睛睁开，但一时还不能眨动，只是迟钝地瞪着泽士和穆弗。他的大脑与肌肉分离多年，似乎正在摸索着返回的路——然后，它们突然有了交流：他像动物一样叫喊着跳出座位，扑向泽士。他俩马上就在地板上翻滚起来，撞到椅子腿，掀翻椅子。穆弗冲向这两具缠成一团的身体，挥舞手上抓着的钥匙，猛砸 exon 的太阳穴。泽士摆脱纠缠，努力站起来，嘴角流着血，大口呼吸。他的第一句话是："干掉他。然后把另一个捆起来。快。"

穆弗把还活着的那个 exon 捆起来，exon 开始扭动，像是正在从一个长久而深沉的梦里醒来。

"绑他的脚，"泽士厉声喝道，往地板上啐了一口血，"我可不想再打一架。"

被绑住手脚的那人终于睁开眼。令他身体震颤的痉挛与精神病患者疾病发作的情况不同，他没叫，只是安静而悲伤地呜咽、啜泣，像狗一样。他空洞的蓝眼睛流出泪水。泽士逐渐恢复了镇定，把椅子拉近，带着略微有点悲哀的微笑，仔细打量对方。

"他们在 ex 化之前，都是我认识的人，穆弗。这个还活着的，我几乎还喜欢过，就像我喜欢你一样。他是一个英俊的年轻人，一个哲学家，也算是个诗人。我承认，为这次解除驱动的实验选择对象时，我是有私心的——我想要让老朋友恢复那种不被机械支配的生活，恢复自由身。好吧，你看到结果了。我想这就够了。重点在于：如果这两个人（在 ex 化之前有着稳定心智与聪明头脑的人）都无法承受被逐出现实的后果，我们可以设想，其他的精神病患者也不行。简而言之，我们被疯狂包围，千百万精神错乱者、癫痫患者、狂热者、愚蠢者。机器控制了他们，但是，如果他们被释放，这些人将会攻击我们，践踏我们和我们的文化。退出 Exinia。我必须告诉你，浪漫的穆弗，我想要加速一个新时代，init 纪元。我想知道，我夺走诺托蒂的生命，夺走其他人的自由，我是否错了？但是现在我看到了……在扭打中，那个装着最后几滴药剂的瓶子摔碎了，我觉得这其实是件好事。"

走回到街上，穆弗机械地迈步出发，也不知道要去向何方。此时正是 exon 们下班的时候。我们的诗人汇入他们并然有序的队列，一秒两步，缓慢地行进，他没有注意到自己多么迅速地顺从了他们严格而精确的节拍。与机器僵死的推力发生接触，给他身体中注入了一种轻快的、无灵魂的空虚，他甚至喜欢上了这种空虚。在泽士的书房里经历过那些事以后，他想要游戏时光，想尽可能长久地不思考。于是他仿佛参加游戏一样，有意地双臂抱胸，瞪着前面一个 exon 的圆脑袋，他心想："我必须跟着他做，一切都照他那样——这样会更轻松点。"这个圆脑袋，有节奏地摇动，在十字路口左转。穆弗也左转。圆脑袋沿着大街直直地走向一座钢铁拱背的桥。穆弗也跟着。然后走上石头栏杆中间一个有回声的上坡。突然，像台球从桌边的软垫上反弹一样，圆脑袋先是撞上一边栏杆，然后以反弹的角度撞上另一边。穆弗也一样。圆脑袋现在变得更圆更红，越过栏杆，投向下面的桥洞：扑通一声。穆弗也照办：扑通一声。

值班主管通知泽士，他的秘书死了，泽士皱了一会儿眉头，然后抬起眼睛，对突然沉默的 init 们说："继续。"

他继续了，但随后发生的事情非常令人担忧：不服从神经支配的案例每小时都在激增，变得非常普遍。为中央 EX 服务的 exon（极度需要精细的运动协调）不得不被下岗并毁灭：他们变得太危险了。现在又回到当初为建立 Exinia 而斗争时的情况，所有 ex 都交由 init 控制。未来显得黑暗而艰难，这些被娇养、已经不习惯工作的寡头们重新上岗，几乎昼夜不停，在巨大的仪器键盘上咔嗒咔嗒地敲打出人工的存在。但是，调谐，那精确计算出的旧调谐，没有产生结果：这些键不断出现故障，让神经支配的推力在到达 exon 不顺从的肌肉前就消散了——现实短章的乐谱永远到不了琴弦。无形的飞地中透明的杆子继续发声，像是一群呆滞的嗡嗡作响的黄蜂，但它们曾经明智的曲调变成了互相争斗的以太波的不协调音，干扰并扭曲了著名的 Exinia 治下的和平。

如今，无形飞地变成了所有 init 的居所，飞地外的铁丝网上每一天都挂满试图穿过它的 exon 的尸体。在 ex 区域工作的监管者（来自 init 群体）大多死于暴力，剩下的逃往中心。派人接管那些 ex 的努力被认为是不可能成功的——飞地如今被隔绝、被包围了：包围它的有铁丝网，有疯狂，有未知。

所有自我解除驱动的 exon 的尸体都被解剖分析，他们的头脑和末梢神经系统被仔细检查。他们的头脑里出现了一种神秘的物质：在神经组织内产生，数量极为微小，似乎是一种保护性的分泌物。它们逐渐建立，并以某种方式与自我解除驱动的过程产生联系。泽士叫来实验室主管，要求准确解释这种现象，然后他从一方镇纸下面扯出几张发黄的纸片，放在主管面前。

"笔迹是诺托蒂的。"主管看了几眼就抬起眼睛，困惑地咕哝道。

"我听说你是个化学家，可没听说你是个笔迹学家。现在回到重点吧。这个方程式是否与刚刚发现的保护性分泌物类似？"

"一模一样。"

"多谢。在这个案例中，我们可以说，这种物质已经是第二次被你发现，被我命名：init。"

在秘密委员会的最后一次会议上，泽士听了其他人的意见后，总结道：

"所以，in 已经起来反抗 ex 了。init 与噬菌体之间发生战争的后果是显而易见的。但是，只要噬菌体还没有开辟一条战线，只要数以百万计的疯子没有突破对肌肉的封锁，就还是个平局。我提议我们停用 ex。全部停用，毫不迟疑。"

投票环节，每个人都弃权了，除了泽士：在这无形的飞地中，他一个人的意见就足以压倒所有人。一直在空中环绕的 ex 的嗡嗡声慢慢地开始减弱，音调飘悠悠地升高，像一群被烟驱逐的黄蜂一样渐渐消失。就在那一刻，数以千万计的人瘫倒在地，一动不动，或者有气无力地抽搐着。

init 现在从他们的铁丝网监牢里出来了，分成小队，从那些苟延残喘的身体中穿过。大逃离的第三天，某些小队还在发臭的腐尸中艰难地跋涉，而另外一些人已经到达了无人区——或者可以说，无尸区。但是这些 init 避难的森林和山洞并不是完全荒僻的，那里还住着半野蛮的部落与游牧者，他们是在最初的以太风开始扬谷的时候被放逐出文明社会，逃进森林与灌木丛中的。他们远离边界，挖洞入地，因为害怕被无形的神经支配设施驱动。他们从城里带来的衣服已经换成了兽皮与树皮，用邪神 ex 的名字恐吓森林中长大的后代。人数少得可怜的 init 或者死绝了，或者遁入了这个人类丛林群落。历史的车轮划出了一个完整的圈，又开始转动沉重的辐条。但是，如果那个假名为"匿名者"的人，那个差点在一辆普通汽车的普通车轮下完蛋（你还记得吧）的人，如果当时他在车轮下完蛋，同他的想法一起被压扁，那么，谁知道呢，也许一切都会不一样吧。尽管……

达斯摘下金属边眼镜，用一块软薄绸擦拭镜片。他的瞳孔突然暗淡，被眨巴着的发红的眼睑遮盖，似乎已不再能捕捉主题。

房间里铺开一片沉默。然后椅子被推开。拉尔第一个走到门边。我害怕会长再次拦住我问问题，但泽斯还坐着，盯着燃尽的火焰，仿佛被某个艰难的想法耗尽。我紧跟着拉尔离开，没被注意，也没和别人打招呼。

我在前厅追上他。我们一起走到几乎无人的午夜街道。

"我恐怕不太擅长言词。你需要答案，但我忍不住发问。也就是说，问你。你是他们中间我唯一作为人看待的一个。我可以这么做吗？"

"我正在听。"拉尔没有回头。我们继续往前——胳膊挨着胳膊——走在无人的路上。

"身处你们这些自称构思者的人中，我感到古怪、别扭。我坐在那儿，而你们——好吧，简单地说，我不想在一群 init 里做一个 exon。你们为什么需要我？你们杀死了你们的字母，但我什么都没有：既没有构思，也没有字母。让我重述一遍：我不想做一个 exon！"

"你有正确的直觉。'exon'——那不算坏。我没有获准回答，但我会尽量。你可以把任何事情都怪到我头上，我是个 init 嘛。"拉尔环视了半圈，面带亲切的、似笑非笑的神情，打量着我。

"怪你？"

"是的。如果我没有同泽斯进行那场针和线的辩论，我们的壁炉前就不可能迎来第八把椅子。"

"针和线？"

"是的。在你初次出席我们的周六聚会的前一个星期，我试图证明：我们不是构思者，而是怪人，仅仅是因为我们自我隔绝才无害。我指出，一个没有一行文本的构思，就像是一根没有线的针——它能刺，但不能缝。我说在场所有人，包括我自己，害怕物质。我把这种态度称作'物质恐惧症'。他们攻击我，泽斯尤其激烈。自我辩护时，我说，我怀疑我们的构思只是构思，因为它们没有得到太阳的检验。

"'构思和植物都能在黑暗中生长，植物学和诗学也能在没有光的情况下进行。'泰德迅速反击，支持泽斯。'如果你想要用比喻来战胜我，'我回答，'太阳照不到的花园只能长出苍白的芽。'然后我告诉他们无光种花的实验，结果令人惊奇，总是会培育出长得特别高、分枝特别多的植物，但把这种暗中生长的标本放到见过日夜的普通植物旁边，你会发现它脆弱、萎蔫、苍白。简而言之，这场争论提出了问题：我们的构思能否承受光线，它们在我们的暗房外也有效果吗？我们决定邀请一个外来者，用他的耳朵暂做判断，此人得是一个在文字化的环境中成长起来的普通读者。我们书架上的空无能得到足够明晰的证明吗？这时，费弗开始担心。'黑暗，'他说，'会把人变成窃贼——这是很自然的。我们将往这个闯入者的脑袋里塞满我们的构思，如果他从中提取，并用它们去换得金钱与生命，那该怎么办？''别荒唐了，'泽斯说，'我知道一个完美的人选。我们可以把所有的主题都告诉他，丝毫不用担心。他碰都不会碰。''为什么？''因为他笨手笨脚，是费希特所谓的纯粹的读者：是纯粹构思的最佳拍档。'这就是全部情况。请原谅我。"

　　他与我握手，然后消失在街角。我站着不能动弹，吃惊又迷惑。拉尔走了，但他的话仍在我耳边盘旋，我不知道如何打破僵局。最终勉强恢复后，我意识到自己犯了个错，没有说完我必须要说的话，也没有问他最重要的事情。狭窄黑暗的街道在我面前延伸，像一根从针眼里滑脱的线。

5

　　我本已决定不再参加周六的字母杀手俱乐部了，但在这个周末，拉尔让我改变了主意。从第一个晚上开始，这个格外与众不同的人就让我觉得重要且必不可少。他的名字，尽管也伪装成一个无意义的音节，却是所有假名中唯一一个有意义的。不过，地址管理局无法用它来调取一个地址。我必须再见拉尔，就一次，好说完我必须要说的话：他不是他们中的一员，而是我们中的一员。为什么他要留在杀手与歪曲者的阵营？先是手稿，然后是——我必须和拉尔见面。既然只能在那个摆满空书架的暗室里才能见到他，周六来临时我便决定——我告诉自己，这是最后一次——参加俱乐部的聚会。

　　进入聚会圈，我见拉尔坐在他平常的位置上，惊讶地抬眼看我。我试图与他对视，但他马上转开，显得完全漠然，毫不关心。

　　在通常的仪式后，讲坛被交给了费弗。他那对陷在肉里的小眼睛中闪烁着诡秘的光。他扭动身体，搞得椅子在肥肉与肌肉的重压下吱嘎作响。

　　"我的哮喘，"费弗开始讲，呼吸显得很费力，"不容许我长篇大论。所以我只打算讲述我的《三张嘴的故事》的梗概。"

在一个名叫"三王"的小酒馆里，三个快乐的家伙把他们的泰勒①全用来买酒喝。三组字母足以构成他们的名字，英格（Ing）、尼格（Nig）和哥尼（Gni）。午夜已过，正是酒瓶空立着而心满至溢出的时辰。随着酒杯的奏鸣，三个朋友都很开心——各有各的乐法。英格有闲扯的口才，杯子叮当响，他举杯敬酒，做简短的发言，引用教皇的言论，讲述华丽的故事。尼格追逐亲吻，善于评判（最好的）亲吻；现在他也很难继续对话，因为他的嘴唇正忙着——他腿上坐着一个粗壮的姑娘，如果亲嘴可以用来付账，那她这个晚上就要发大财了。哥尼不需要言语，也不需要亲吻，他鼓鼓囊囊的面颊油腻腻的，嘴里叼着一根硕大的羊骨头，正用牙齿耐心地、一丝不苟地撕扯骨头上的肉。

突然，在尼格的两次亲吻之间，那个姑娘说："为什么男人不能有三张嘴？"

"好同时亲三个姑娘？"尼格哈哈大笑，把嘴再往姑娘的嘴上贴。

"等等，"英格阻止了他，感觉到这是一个值得饶舌一番

① 泰勒（taler），德国旧银币名。

的新话题，"别把亲吻插到言语中来。"

"这就是我要说的，"尼格腿上的姑娘转向英格，"如果你们都有三张嘴，就可以同时说话、吃东西、亲吻，那你们——"

"胡说！"英格抬起一根教训人的手指，"三段论不会从裙子下面跳出来。现在安静。让我们最好问问神圣的传统与形式逻辑：圣奥古斯丁三次告诉我们，人与野蛮的动物不同，人是一种会选择的动物。难道 liberum arbitrium（拉丁文，意为"自由意志"）的基础不是有能力从许多东西中选择最佳么？亚里士多德教导我们把最高目的、圆满实现同偶然或从属性的目的区分开来，托马斯·阿奎那完善了这套理论，将实体形式与偶然形式相区分。一个人的嘴——他会说 os（拉丁文，意为"嘴"）——可以接触食物、亲吻和言词，但哪一个才是它首要的属性？你怎么想，我亲爱的朋友哥尼？把骨头从嘴里拿出来，回答我。"

骨头歪到嘴边，哥尼开口说话。

"在我看来，"哥尼说，"在书里找论据是没有意义的。它们就在这儿——就在我的盘子里：显然，嘴是用来吃东西的。其他的……是偶然事件。"

"我亲爱的朋友，"英格把头摇个不停，"人不应该在食物残渣里找论据。为什么其他的是偶然事件？"

"因为，"哥尼说着，又干了一杯作为前奏，"如果你和我不吃不喝，死亡就会将我们长久分离——我上天堂你下地狱——你必须承认，这么远的距离，你就很难问我问题了，而我也没有理由回答。"

"我同情那些天使，"尼格插嘴道，把胡子拨弄到丰满圆润的嘴唇上，"他们要把你这样一个大块头拖上天堂。听着，笨蛋，人间要是没有亲吻，就没有人出生。如果没有人出生，就没有人死。你听到了？"

现在，英格带着毫不伪装的同情的微笑，打断他俩："你，尼格，只在你说哥尼错了的时候才是对的。为什么女人的朱唇要胜过一盘残羹冷饭？我们必须讲逻辑，既然一张嘴亲吻时需要另一张嘴，这就引入了'他人'的类别——柏拉图在《泰阿泰德》中表达过这个概念。这没有解决问题，而是推迟了它。现在让我们看到，如果没有食物的愉悦，就不会有生命——没错；如果没有亲吻，生命就不会诞生——这也没错；但是——现在认真听——如果上帝没有说过'要有……'，诞生本身就不可能诞生，生活和死亡都不会存在，而鬼知道世界会在什么地方。我坚持认为（英格用拳头猛砸桌子）嘴的真正用途不是用来咂巴别的嘴唇，也不是鲸吞和狂饮，而是倾吐从上天获得的词语。"

"如果是这样的话，"哥尼不认输，"那为什么圣经中要说'入口的不能污秽人，出口的乃能污秽人'？回答我！"

英格和尼格同时回答，互相想说服彼此，如果不是睡意降临，用梦封住了他们的眼，用鼾声堵住了他们的嘴，他们能吵到天亮。

英格梦到一个三张嘴的怪物，无休止地运用那六片嘴唇。英格试图向怪物证明它并不存在，但这恶心的食尸鬼同时用三张嘴反唇相讥，不可能被击败。英格醒来时一身冷汗。窗外天边正露出第一道绯红。他叫醒朋友。尼格勉强睁开眼睛，问伊格诺塔在哪里。哥尼以为他问的是一种食物，就沮丧地告诉他"都吃光了"。尼格叫嚷着大笑。他说，伊格诺塔是昨天晚上那个姑娘的名字。

"走的是她。这道题出得够偏的。但是她可能去哪儿了……"

"像个幽灵，"英格补充道，"如果我的梦可信，那你的伊格诺塔就知道得太多了。也许她不是一个姑娘，而是一个梦魇——一个妄想，一道阴影。"

"见鬼去吧，"尼格讥笑道，"那道阴影把我的膝盖都快压断了。把你的梦讲给我听。"

争论又从梦里回到了现实——似乎它也好好睡了一觉，养足了精神。三张嘴同时吼叫，说着嘴的主要目的：

"为了吃。"

"错。为了亲吻。"

"你们都错了。是为了说话。"

"现在，"费弗说，"我会丢掉我的船桨，随波逐流：我为什么要继续编故事，告诉我，我为什么要继续把桨架摇得吱嘎响地逆流而上，既然那强大的洪流将把我的情节连同关于'谎言与真实'，关于《五卷书》和其他类似传说里流浪婆罗门的情节一起冲走。我想要说：现在，仍然争执不下的英格、尼格和哥尼为了获得主线情节的更大荣光，出发去漫游世界，请他们碰到的每个人调停争论。这些浪游的争论是不合逻辑的，是彻头彻尾没有必要的，知道生命发展与情节发展只能交叉而非重合的任何人都不应该被它们困扰。情节线扔掉争论，就像是植物抛掉孢子，进入空间，在那儿发芽。所以——我正在漂……"

"是的，你是，"泽斯拿起火钳，给火堆怒冲冲的一击——火花猛地往上蹿，"你在漂流，我怀疑你的吼叫是一个装有字母的书架。我必须说，我的朋友们，近来你们的构思全都散发出印刷机墨水的恶臭。一个短篇故事里用装满字母的书作为'角色'，另一个一旦开始被拉进描绘情节涂鸦的墨水洪流，就要'扔掉他的桨'（我还真想不出有什么隐喻比这一个在印刷机上流通得更多）。照这样下去，我们很快就会……"

费弗青筋暴起。

"你太害怕书籍装订了，它们不会对我猛然关上，因为我……不是老鼠。同某些人不一样，我从来不是著名作家，字母表不能诱惑我，但是——"

泽斯摆手让费弗安静，猛地转向我。"让我们的客人做这场争论的评判吧：作为一个局外人，他能看得更清楚，也更容易做到公正。"

所有的目光都集中到我身上。我大着胆子回答："但那会让你们的争论变成'流浪的争论'，那可违背了你刚刚提到的许可范围。"

"这一招被拒绝，干得好，"费弗说，"现在给我闪开，泽斯，让我的三个主角去该去的地方。天色已经大亮。小酒馆的老板随时会醒来讨要过夜费，还有打破东西的赔偿。而他们的口袋里一个子儿都没有。"

英格、尼格和哥尼蹑手蹑脚地走出三王酒馆。城里的人们还在紧闭的百叶窗后睡觉，他们碰到一个托钵修士，背着麻袋，手杖顶上挂着个铃铛。他把叮当响的麻袋摊开在他们眼前，但得到的不是布施，而是问题："上帝为何给你一张嘴？为了吃，为了亲吻，还是为了说话？"

托钵修士摇着袋子离开，小铃铛不响了，他也不出声。尼格从蒙面斗篷下面窥看。

"一个卡玛都兰（Camaldulan）修士，"他吹着口哨，"我们径直走向了一个发誓沉默的人。英格，对你来说是个坏消息。毕竟，这简直就是一种回答：圣座不需要言词。"

"是的，但它也强迫自己斋戒。而且，我觉得，亲吻女人也不可能拯救灵魂。结果就是，脸上的嘴成了一个无用的洞，人们应该把它封起来，或者别去关注它。不，有什么搞错了。让我们继续。"

又听到小铃铛响了，三个争论者经过它继续走。在城门前，英格、尼格和哥尼碰到一个耳朵听不见的老太婆，他们大吼大叫地向她发问——起初一个，随后两个，最后三个一起——她却不停重复："一头母牛。额头上有颗黑星。你们见过她吗？一头母牛。额头上有颗黑星……"

"每个人都有自己操心的事。"英格叹息道。

就在此时，生锈的城门吱吱嘎嘎地打开了。三个朋友开始了他们的漫游。走出许多里路，他们碰到一个驾着一辆咔嗒响的运货马车的长腿少年，嘴里塞满面包皮。英格喊他，但因为车太响，少年没有听到，而且就算他听到，塞得满满的嘴也没法解决关于嘴的问题。他们继续走。

一直走到中午，在一片风吹麦浪的田野里，他们看到另一个正在漫游的人：背着一个袋子，拿着一根手杖，快活的脸上满是尘土与阳光，边走边朝鹌鹑吹口哨——也许他是一个流浪牧师（胡子刮得很干净），也许甚至是他们的弗朗索瓦神父……

讲述者转向泰德，抬起右手。泰德微笑着，做出亲切的回应：这两个主题，像是两条航线交叉的船，互相挥手致意——费弗继续讲了下去。

牧师停下来，扫视这三位流浪者。他从皮带上摘下一个酒瓶，润了润嘴唇，然后眨着眼说："孩子们，上帝的恩宠与你们同在！你们确定自己只有一张嘴吗？等我走了，你们脱下裤子看看，自己难道不是有两张嘴吗？等你们走到附近的妓院，随便找个妓女都能证明你们有三张嘴。祝你们好运！"

迈开系得紧紧的皮裤里的长腿，弗朗索瓦神父很快就从他们的视线以及故事中消失了。

"这个神父想要我们呢。"哥尼挠挠头。

"而且他成功了。"尼格气恼地啐了一口。

"戏弄人，"英格说，"只能让傻瓜开心。人心已经变得像这片土地一样粗糙而扁平：它更容易咯咯笑而不是思考。

伟大的斯塔基拉人 ① 的三段论，阿威罗伊 ② 的定义，爱留根纳 ③ 的观念等级，它们在哪儿？人们不再知道如何对待观念：不再正视观念，而是窥探它们的尾巴下面。"

三个人沉默地继续走着。

他们不时碰到从田里回来的农夫，或者听着骡铃声昏昏欲睡的商人。在碰到引诱他们的修士之后，他们决定更慎重，不再向每个人提问。走了一天的路，他们看到远处的大地上，一片橄榄树林后面冒出城墙的雉堞。尘土与炎热开始减弱了。树林中的蝉鸣更吵了，阳光变得更温和了。就在城门外，漫游者们看到一个女人坐在路边草地上，怀里裹着个婴儿。起初她没有理睬他们，忙着干自己的事儿：解开上衣，掏出粉红色的乳头。孩子贪婪地吮吸，她就微笑着凝视孩子鼓鼓的面颊。

"宙斯啊，"哥尼吼道，"把我裹起来吧，我想喝奶。"

尼格仅仅是舔了舔嘴唇，而英格摇摇头，说："就算不是全部，至少也有三分之二的答案被这个婴儿揭示了，看那个没有牙齿的小嘴，它被同时给予了吃和吻的能力——这是我们做不到的。朋友们，这个小傻蛋把我的思想从那些捉襟

---

① 指亚里士多德，他出生于马其顿的斯塔基拉。

② 阿威罗伊（Averroes，1126—1198），西班牙穆斯林医学家、哲学家。

③ 爱留根纳（Johannes Scotus Eriugena，815—877），爱尔兰人，新柏拉图主义哲学家与诗人。

见肘、尘封已久的词语转向伊甸园的宏大繁茂，那里把一切都献给人类，不是某一部分，也不是某一类别，而是整体、完全地给予。天堂的果园仍然暗淡，三种意义逐渐感到被挤压进一张嘴里。告诉我，甜美的女士，这是谁的孩子？"

"我在等地方法官的夫人。我家主人的名字是菲利希亚。"奶妈回答道。

她从地上站起来，对几个陌生人鞠了个躬，走回城里。尼格在她身后做了一个飞吻的动作。三位朋友决定进城前先在草地上歇一歇。他们坐下来。哥尼开始嚼一根芳香的草叶。尼格吹走毛茸茸的蒲公英。英格胳膊环抱着膝盖，压低嗓门叹息和嘟哝。

"你在嘟哝些什么呀？"哥尼问道。他开始感到饿劲儿上来了。

"啊，"英格又叹了一口气，"我正在回忆我对她说过的话。"

"对那个奶妈？"尼格打着呵欠说。

"不，她的主人。找到锚地的人是幸福的。我本来可以不同你们一起疲惫地从篝火走向篝火，而是在自家的壁炉前烤火，口袋里有泰勒，还有孩子围绕着我……对，现在别笑，听我讲一个故事。

"那时我们都还年轻——菲利希亚和我。她是一个有钱商人的女儿，住得离这里不远，在一个海边的城市。她父母有的是钱，而她有的是追求者。每逢节日，他们会穿上华丽的衣服，坐到漂亮的菲利希亚身边，静静地注视她，一动不动，面带蠢相，像是一袋袋稻草。这些家伙只知道惊诧地张开嘴，而我却知道嘴的另一种用处。我讲述我从未去过的国家、从未读过的书、星星和萤火虫、天堂和地狱、人类的过去和我们（菲利希亚和我）的未来，以此逗她开心。她爱听我说话，粉红色的耳朵支棱起来，鲜红的嘴唇微微张开。一天，她满面绯红地让我去找她父母谈。当然，同他们说话更困难。我给自己的言辞配上来自贺拉斯和卡图鲁斯①的引语，试图向那位有钱的守财奴解释激情的永恒规则——但他只是吹了声口哨，就走开了。

"在咨询过菲利希亚之后，我决定选择一条迂回的路径偷偷接近我的幸福。菲利希亚有一个老奶妈，最终我们说服她参与了我们的计划。计划是：在约定的那天晚上，菲利希亚和奶妈会来找我。奶妈会在门外把风，而菲利希亚……好吧，简而言之，第二天早上那对老傻瓜会面对既成事实，然后一个神父将给我们主持婚礼。头天晚上，在女儿溜走的时候，两个守财奴睡得死死的；现在，他们不得不解开他们的

---

① 贺拉斯和卡图鲁斯，均为罗马诗人。

钱袋子了。到了约定的那晚，我听到有人敲门——一分钟后，我和菲利希亚就在半明半暗中搂在了一起，就我俩。"

"然后呢？"尼格一只胳膊撑起半边身子，凑向英格追问道。

"然后我开始向她低声诉说这个夜晚的庄严与意义，我说最终我们会在一起，即使天上的星星也会低垂目光，只有上帝——"

"傻瓜。"尼格说，同一只胳膊撑着，身子后挪。

"我向她说起古老传说中的虚构爱人——希洛与利安德①，皮拉摩斯和提斯柏，萨福与法翁。但是随后，我感到她用手指摸索我的嘴唇，我突然想到，如果这些异教徒的故事让她觉得不够有说服力，或者对灵魂有害，我可以引用旧约——于是我开始一本书接着一本书地讲述路得和波阿斯……我记得讲到波阿斯的时候，门上有声音。我透过门缝，看到一只耳朵贴在钥匙孔上的老奶妈已经坐着睡着了，还轻轻地打着鼾。我叫醒她，然后回到菲利希亚身边，继续讲我的故事。"

"傻瓜。"尼格抱怨道。他停止倾听，面朝下俯伏下去。

---

①　古希腊传说中，维纳斯神殿圣女希洛（Hero）与少年利安德（Leander）相爱，利安德每晚在灯光指引下泅渡达达尼尔海峡来和希洛相会。一天夜里，灯火被暴风雨扑灭，利安德溺毙，希洛也跳海自尽。

而哥尼嚼完了嘴里的草叶，问道："可是你俩难道不饿吗？"

"不，我的心中充满那么多滔滔不绝的爱的诗节、精妙的隐喻、夸张的言辞，我都没注意到时间。天空正在慢慢亮起来，而我才讲到奥维德迷人的《爱经》，希望能够将奥维德情色作品中的精妙之处表达出来，那是一种神圣的艺术，把握此刻，窃取幸福，为一个亲吻、一个拥抱而斗争，为……菲利希亚坐着——现在，在幽暗的微光中我能够看到她——几乎是背对着我，抿紧嘴唇，神情严肃。我问她怎么了。她没有回答，走到门边，用力敲门。

"'我们走吧，'她对奶妈说，声音颤抖，有一种我不能理解的愤怒，'我们这会儿回去，也许还可以不被人知晓。快点。'

"'停，'我叫道，完全摸不着头脑，'这样你怎么证明我俩在一起过了一晚？'

"菲利希亚没理我，似乎我的话失去了声音和意义。

"'快点！'她叫道，'如果可以偷偷溜回去，我发誓将在追求者中找最沉默的那个当丈夫。'

"她俩消失在晨雾中，没有回头，尽管我一直在喊她。我们再没见过面。"

"你看，现在好了，"英格说着，站起身，"结局就在那些城门背后等着我。"

三个朋友进了城。

他们只能在门外过夜。旅馆里住满了从附近城镇来到这座以神奇圣像而闻名的城市的朝圣者。再说，他们的口袋里一个子儿都没有，而那夜的梦里充满饥饿的幻象。

第二天早晨，一队朝圣者鱼贯而出，英格试图用关于嘴的问题拦住他们的去路，但他们都专注于祈祷，手指缠绕着念珠。于是三人加入了他们的行列，很快来到一尊金碧辉煌、珠光宝气的圣像前。尼格亲吻了金身，哥尼俯身，咬掉了圣像上面最大的一颗宝石，而英格斜睨着圣像，捶打胸口，大声念诵："我的过失，我的过失，上帝之家的静默。"几小时后，英格、尼格和哥尼的口袋里——神奇地——装满了叮当响的金币。

开始思考易，结束思考难。三个异乡人周围，酒瓶塞打开，酒汨汨流出。他们先喝酒，然后向别人敬酒，然后别人回敬他们，然后他们回敬别人——如此直到星光满天，打更声传来。现在，躺在长椅下面的人比躺在上面的还多，哥尼手脚并用地到处爬，要把酒倒进打鼾者们漏斗般张开的嘴里，尼格一会儿亲吻火炉的纽门，一会儿亲吻钥匙孔，而英格狡黠地眨巴眼，轻声发笑，讲述石头变成金子的神奇故事。故事讲得很成功，很快又得从头再讲。第二天早上三人醒来时甚至没法揉眼睛：他们的手被上了枷。

审理他们偷盗宝石案的法官是这个地区最沉默寡言的人：他审视他们，再埋头到纸张里，然后再沉默地注视他们。尽管还没人提问，英格同两位朋友交换眼神后，自己先提了一个。

"大人，想必您对现在的情况同我们一样困惑，但我们仍然对一个问题感到更困惑：嘴的用处是什么？我们中的一个人说为了亲吻，另一个说为了食物，而我说为了表达言词。我们从很远的地方来，一路寻找答案。我们的自由和生命都由您掌握，但在死之前，我们想要知道：为什么人会长嘴？"

法官咬起嘴唇，用笔头在鼻子上挠，然后继续趴在纸上翻找。一分钟后，传令官的号角响起，法院书记庄严地站起来，宣读法院裁决。

"罪名成立：在所有人面前释放被告人。犯人英格，禁止说话；犯人尼格，禁止亲吻；犯人哥尼，禁止进食。一旦有人违反禁令，将被立即报告，违反者将被抓住处死。该裁决一经发布立时生效，不得上诉。"

三位不幸的朋友被解开锁链，释放。周围的人们面带戏谑的微笑。他们并排走着，对嘲讽与辱骂不做回应，似乎他们的嘴已经被封缄。

"你对此有什么话要讲？"尼格终于发问，转向异常沉默的英格，又马上打住。

英格显得很害怕，他的嘴唇要动，但他更加用力地抿紧它们，温顺地垂下头。三个人走进小酒馆。哥尼做手势让人上了一盘烟熏肉，英格和尼格拿起勺子，又颓然放下：可怜的哥尼背对他们坐着，饥饿地吞咽口水。过了一会儿，他抬起眼睛——眼里充满泪水。

他们开始了一种完全不同的生活。城里许多可爱的、有同情心的女士怜悯而渴望地注视着英俊的尼格：他的嘴唇因为对爱的焦渴而干裂，面颊凹陷，眼睛失神。他四处走动，咕哝着诅咒和抱怨，试着不去注意女士们玫瑰花蕾般的嘴唇。但话痨英格甚至不能抱怨，那么多想说的话被他连同与哥尼分享的微薄食物一起生生咽下，这让他的舌头都打起结来。在挨饿的哥尼面前吃东西，让他们感到羞耻。把一块饼干掰成两半，他们都要躲到门或墙角背后。哥尼一天天衰弱下去：现在已经无法走路了，只能靠朋友搀扶才能挪动脚步。这可怜的人很快就陷入半癫狂，胡言乱语，说在他的心灵之眼里，油腻腻的火腿、煎熟的腊肠、抹猪油的小母鸡正插在烤肉签上旋转，还发出诱人的嗞嗞声。

英格被禁止说话：他害怕自己说梦话，几乎不敢闭眼。

尼格仍然怀有希望。他没有绝望地放弃，等到合适的时机，他两次同城门的守卫搭上了话。第二次谈话后，他把英格叫到一边，说："听着，话痨，我们能够打开城门，但是需要一把金钥匙。我们必须加快，哥尼情况不妙。他已经变成一个负担，但就算这样我们也必须救他，还要救我们自己。你这一辈子就只会唠叨，现在你必须做事了，我的朋友。你曾对我提起过那个法官的妻子。你得办完当年的情事——不然我们就完蛋了。沉默就意味着同意。天正在变黑。我会帮你把风：她的窗户这个时候总是开着的。附近也没有任何人。来吧，我会让你看到——在你这个怪家伙自己的嘴的帮助下——你把它的用处搞错了。"

英格痛苦地低头，像是聋哑人，或是一个舌头被截断了的人，脚步沉重，还被尼格又踢又蹬，顺从地走向救赎。

在向夜晚敞开的窗户下面，他接收到最后的指令："现在，记住，用吻行动。如果你说出一个词，我会亲自揭发你，让他们绞死你。我会在这儿听，帮你把风，我可不是那个老奶妈，我不会打瞌睡，你别想糊弄我。踩着我的背爬上去，快点！"

英格的脚摇摇晃晃地踩上尼格的肩膀，然后抓住窗沿往上用力，翻进窗户，落地时发出很大声音。里面传来女人的尖叫，然后是恐惧的低语。尼格踮脚站着，一只耳朵贴墙，饥渴地倾听。女人的低语变得恼怒，发出质问的高音，仍然没有回答。接着是一段短暂的沉默。然后是高声责骂，间或有哭声。另一阵沉默，稍微长一点。突然——一个温柔的、压抑的亲吻。尼格摘下帽子，画十字。亲吻迅速变得更投入，声音更大。尼格舔舔自己干渴的嘴唇，不再倾听。

扑通一声，一个袋子轻轻地落在他旁边。然后英格的脚从窗台垂下来，在空中试探。尼格把肩膀放到脚下面，很快，两个朋友偷偷朝城门塔楼走去，去那儿寻他们之前运过去的活珍宝——哥尼。

袋里的金币有一半被留在城里，分量和哥尼相当，所以他们的逃亡并没有遭到过分阻拦。天还没亮他们就抵达了一个护林人的小屋，用几枚金子换来了相对而言的安全与歇息。护林人的红面颊妻子像给草垫里塞草一样往哥尼嘴里灌食物，尼格朝她眨眼示意，而英格在诚实地工作了一夜之后，拒绝闭嘴不言：他发痒的舌头几乎没有在嘴里躺平片刻。你看，沉默是荒诞故事用之不竭的主题。

但是，一等到他们仨恢复元气，第四个——他们的争论——也恢复了元气。每个人都要把这场遭遇从对自己观点最有利的角度加以解释：观点就像钉子——打击越猛烈，扎得就越深。既然，三张嘴都曾面临短暂的分离——一个离开亲吻，一个离开言词，一个离开食物——那这三张嘴就再也不会放弃各自的观点，痛苦敲打得有多重，它们就钉得有多深。荒僻的森林中只有回声作答，于是他们决定继续走。

"他们也该走了，"费弗说，"而我们，这一群构思者，该回来了。我把三个朋友从这里出发的路线看作一条虚线：一系列相遇可以扩充或删减，流浪中的争论情节让人得到这种许可；从头到尾的路线像套索一样展开，窍门在于尽量远地扔出去，它就能够抓住这个圈环的末端。我想，结尾应该大体如下。"

三个人被他们的争论引导着，走啊走，一直走到海边。他们转而沿着海岸行进，很快到了一个港口。船只进进出出，但是大海就像草地，一丝涟漪也没有，船帆低垂——流浪的争论也必须等待风的出现。

给英格的袋子里还有一些钱币在响。朋友们走进一个小饭店。酒让他们的舌头松弛下来，英格转向也在店里喝酒的水手们——都是些高大健壮、浑身腌渍的小伙子——他说："在你们心中，觉得嘴的用途是什么？"他请他们在三个答案中挑一个。

小伙子们挠着头，交换着局促的目光。

"难道这全部三个……你们所说的……用途，不都是一张嘴该有的吗？"一位水手最后回答道，小心地望着三位陌生人。

英格宽容地笑了，解释道："所有的用途都是不一样的。

邓斯·司各脱①告诉我们：原因要么是完全的，也就是说，完整的，要么是不完全的……或者，为了简单起见，让我们说，是空的。这里有三个瓶子：两个是空的，一个是满的。看到了吗？"

"看到了。"小伙子回答，深深地皱起眉头。

"现在，把它们放在一个视力正常的人面前，对他说：选吧。显然，这个人会伸手拿有酒的那个瓶。难道不是吗？"

"是的。"小伙子应声，他的额头渗出颗颗汗珠。

"现在请闭上眼睛。"

小伙子照办了。英格无声无息地重新摆放了瓶子。"拿一个。快一点。"

小伙子抓住了一个空瓶的瓶颈。大家哈哈大笑。英格注视着这名水手，抱歉地眨巴着的眼睛，总结道："这和目的一样。人们是盲目的，这就是为什么他们的目的总是落空。只有极少数人不从空瓶子里喝东西。"

一阵充满敬意的沉默——然后岁数最大的水手悲哀地叹了口气："我们头脑简单，又没读过书，我们应该怎样回答这样的问题呢？但是风会吹向世界上任何方向。平静地，渐

---

① 邓斯·司各脱（John Duns Scotus，约1265—1308），中世纪英国哲学家、教育家，方济各派教团教士，被称为"灵巧博士"，热衷于辩论，重视自然科学，尤其是数学和光学研究。

渐升起，我会带着我运的咸鱼启航，到远方的海岸，用它交换葡萄干和开心果。跟我来，也许跨海后，你们能用你们的问题换得答案。"

此时，黎明已经刷白了黑色的窗户，三个朋友付了酒钱，走到街上。不远处站着一个女人，瘦弱的脊背靠着墙。她的面颊沾染了晨光的色泽，但她还没有找到这一宿的客人。只有清晨的寒意，一分钱都没给，就用冰凉的手指摩挲这个妓女，越来越深入地摸到她五颜六色的破烂衣服下面去。

"这个可怜人在颤抖呢，"尼格眯起眼睛看，"但不是因为激情而发抖。她能等到什么？"

"你的吻，"英格用胳膊捅了捅尼格，"她嘴唇上的溃疡在渴望着你。"

"我不这么想。最好给她几句安慰的话。"

英格弯腰凑近那女人："我的孩子，如果你不在尘世中腐烂，就不会在天堂中绽放。"

哥尼飞起一脚，打断了英格。然后他走近那个快冻僵的人，一言不发地在口袋里扒拉，最终掏出一大块面包，塞进她嘴里。女人用枯瘦的手抓住干面包，继续往嘴里推，推到疯狂咀嚼的牙齿中间。

"告诉我，小不点，"哥尼微笑，充满感情地看她咀嚼着，"上帝在我们脸上造出一张嘴，不是为了从里面倒出话来，也不是为了长出愚蠢的亲吻，而是为了让人们——通过嘴——知晓吸取营养的快乐，这难道不是千真万确的吗？"

那坨面包让女人好半晌无法答话。最终三个朋友听到："我真的不知道，在我的职业里，如果你不亲嘴，就别想吃东西。但你们不应该问我。沿着这条海边的路一直走，会走到一个山洞。山洞里住着一个有智慧的人——一个隐士。他知道一切——所以他放弃了一切。"

"我们还没有问过隐士。走吧，怎么样？"流浪的争论就这样沿着蜿蜒的道路继续前行。

太阳快要落山时，走在最前面的哥尼将头探进那个漆黑的山洞，发问："什么最适合嘴，亲吻、言语，还是食物？"

黑暗中传出一个声音："露水从哪儿来——大地还是天空？"

"他们说是从天空。"

英格和尼格跟上来了。

"从天空。"他们同意。

迷惑的哥尼再次把头探进黑洞里，有什么重重地打在他额头上，将他撞倒。那东西跌跌撞撞地跑出山洞，在不远处停下来——是一口普通的铁锅。朋友们里里外外地检查它，但找不到答案。

"现在你们问吧，"哥尼揉着自己淤青的眉头，"我问够了。"

他们离开山洞入口，决定在此过夜，明天早上再继续走。铁锅被留在草地上，底朝天。

哥尼第一个睁眼——额头上的肿块痛醒了他。在黎明的曙光中，他看到旁边坐着一个陌生的老人。陌生人友好地微笑，说："来看那位隐士的？"

"是——是的。你也是吗？"

陌生人不回答，把微笑藏进灰色胡须里，注视着晨光斑驳的露水在草叶尖儿上闪烁。

"如果我是你，就不会去打扰隐士。"

"为什么？"

"因为你得不到答案，而是会得到这个。被这个击中，就这个。"哥尼恼怒地踢那口锅。锅滚开，在之前藏在锅下面的草叶上，哥尼惊讶地看到大颗大颗快活的露珠在颤动，闪烁出虹彩。

"见鬼了！"哥尼嚷道，"锅底下的露珠是怎么从天上来的？"

"为了解释锅里面有什么，"陌生人说，"你不必爬上天——答案就在这儿，在锅底下，紧挨地面。要解释你脑子里的想法，不必浪游大地——答案就在这儿，在你的王冠下面，紧挨着问题。一个谜语总是由它的答案组成的，答案——

它一直在，而且永远在——比问题更古老。别叫醒你的同伴，让他们睡，你们还要走一段很长、很艰难的路，才能回到家。"

老人捡起铁锅，钻进黑漆漆的山洞，消失了。

这天，三个朋友踏上了回家的路。

情节发展的优良传统要求外出的行程用租来的慢马，而返回的路程用快马接力。所以，让我们设想：我这三个主角在磨破了许多鞋底之后，接近了家乡。本地的乡民出来迎接他们：一个年轻的修士，拉起法衣避开水凼，同英格互相恭敬地鞠躬。一个肚皮隆起的女孩看到尼格，把桶都丢在了泥巴里。三王酒吧的常客们从窗户里探身，向哥尼又喊又挥手——但是这三个伙伴没有丢掉手杖，一直往前走。尼格在前面，他领着他们去找伊格诺塔。

终于到了。院子里空荡荡的，只有泥地上的一条新印出的车辙，大门到房门之间散落着一些松枝。他们敲门，无人应答。尼格猛撞房门，门开了，他们走进过道。"就是这个地方。"——但是伊格诺塔的小房间的门也开着。炉边长椅上堆着稻草，空气里弥漫着焚香的气味，一个人都没有。尼格摘下帽子。其他两人也摘下。三个旅人沉默着走了出去，顺着绿色的松针走向墓地。十字架中间也没有人。远处传来铲土的声音。他们循着声音走去。如果曾有葬礼的话，送葬者也已经走了。只有掘墓人还在：拥挤的土地抵抗着他的铲子。

"伊格诺塔在这儿？"尼格问。

"是的。如果你想要从她那儿得到什么东西，最好晚些再来，等到一切消停下来。"

"我们不想从她那儿得到任何东西，除了一个问题的答案。"

"我在这儿是为了埋尸体，不是要挖问题。你们知道，尸体并不健谈：不论你问什么，他们都不会张嘴。不，我说错了，"掘墓人咧嘴一笑，冲他们狡黠地眨眨眼，"他们也会好好地张开嘴，像是要说最后一句话，只不过不被允许说出——起初他们牙关紧闭，然后嘴里填满泥土，所以，不论死人的那句话是什么，都没人能听到了。不过，我想要听。"

"榆木脑袋。"英格咕哝道。

"为什么这里没有十字架？"哥尼问道。

"她这种人得不到。"掘墓人嘟囔了一句，又铲起土来。

三个朋友把手杖交叉，捆成了一个十字架①。它在伊格诺塔的坟头伸展它的木头胳膊。英格说："是的，问题的王国不断扩展，财富倍增，五彩缤纷的问题王国里花儿永远开得明媚又繁盛，而答案的王国像墓地一样荒凉、贫瘠、阴沉。

---

① 三根手杖，做成的也许是一个洛林十字架，有两横。

因此——"

"我们应该去喝一杯，"哥尼提议，"阿门。"

三个人在开始故事的地方结束了故事：三王酒吧。哦。就这样。

费弗呼吸粗重、不匀。他将目光扯了回来，盯着胖子。会长过了一会儿才开口："好，你的故事也会在我们的不存在图书馆里有一个位置。"他把手指往书架黑色的空虚里一戳，似乎在考虑这本未写的书该放哪儿。"在我看来，你的主题是一辆欢快的灵车：轮辐在摇曳的火把中旋转，车子跳舞般碾过路上的坑，花里胡哨的流苏与饰品摇摇晃晃，可它却是一架灵车，正开往墓地。你可以说我是一个牢骚鬼，但你们，我尊敬的构思者们，全都坚持要把你们的故事结尾倒进同一个坟墓里。那样可不行啊。文学尾声的艺术需要更微妙、更多样的结局。掉进一个坑里容易，从里面爬出来——如果坑很深的话——那就难了。为了拿起掘墓人的铲，我们已经丢掉了笔。"

"也许你是对的，"费弗点头道，"不知为何，我们倾向于从白色正方形去往黑色正方形，而不是倒过来。我们的主题注定是悲哀的，因为……它们就是悲哀的。但是既然说到这儿，那我会让你们看到，我也能够逆风航行。不会太长时间：我会把我的主题推进坟墓里，一直推到底；然后我会请你们看着它从坑里爬出来，复活。"

"好的，好的，我们正在听，"泽斯微笑道，拉着椅子向费弗靠了靠，"继续啊。"

费弗把头往后仰，像是在努力回忆什么，紫色的闪光从天花板反射到他鼓鼓胀胀的面颊上。

多年前这个构思就出现在我脑子里。那时我更有活力，也更有好奇心。我还能感到遥远空间的吸引力，经常出门旅行。它是这样产生的：有一次在威尼斯，一个灼热的上午，走在一条窄巷①里，我想要小便，就转进那些从几乎每座墙头凸出、尿骚味十足的大理石棱堡中的一个。排水沟周围的墙上贴着花哨的小纸片，泌尿科门诊的地址呼之欲出。我走到一张告示旁边，白纸黑字由黑色的边框围限起来，文辞雅致，上方还绘有一个黑色的小十字架：

你忘记为今天将死的 10 万人祈祷了吗?

当然，这是一件小事。那个方形的黑框灵巧地套住了一

---

① 原文为 Calle or vicoletto，意大利文。

个枯燥的统计数字，发出一个不失礼貌的提醒——只是一个提醒。

　　我没有为被引向死亡的 10 万个灵魂祈祷，但当我从这道墙的阴影里走到大太阳底下，千万种痛楚让我看到这无形的一天：千万个被这一天毁灭的人围在我身边，千万颗太阳坠入黑暗；我看到一大群蜡像般轮廓分明的脸，鼓着白眼睛；一股甜丝丝的腐烂味道从鼻孔钻进我的脑子里，让我无法思考，无法生活，我记得它几乎是实实在在地穿透了我的身体。我在人行道旁的一张小桌子边坐下来，侍者给了我一套餐具，就在那个瞬间，我看到千万个他们——躺在桌上，嘴巴松开，慢慢变冷，无助，恐怖，从这一天被放逐到永恒的虚无。我没有吃慢慢放凉的蔬菜通心粉汤，我的脑子正在狂热地努力，想走出那个被诅咒的黑色方框。然后，我的主题突然来到了"拯救"。它突然淹没了我。我记得，在它的掌控下，我机械地站起来，迅速买单……

　　讲到这儿，费弗——其他人也跟着他——转头望向一把椅子，它刚被推开，发出了噪声。让我吃惊的是，我看到拉尔走出了构思者的圈子，手中拿着片刻前还放在壁炉架上的钥匙。

　　"我要走了。"他简短地说。

钥匙丁零当啷响，门猛地被拉开，随着下面某处传来一记沉闷的关门声，拉尔的脚步突然停止。

大家交流着吃惊的表情。

"什么撞到他了？"莫弗几乎站起身，好像要跟着拉尔出去。

"秩序！"泽斯冰冷的声音响起，"坐下。既然你站起来了，那就关一下门。别分心。费弗会继续的。"

"不，费弗已经结束了。"费弗很愤怒，猛然爆出一句回击。

"因为他离开了？"泽斯结结巴巴地问。

"不，因为我的主题——如果你能想象的话——和他一起离开了。"

"你，显然想要比拉尔更拉尔。很好。我们会考虑暂停会议。但是，让我们对下周六的节目达成一致。轮到莫弗了。我建议他跳出由费弗建起的跳板。让他——你在听我说话么，莫弗？——到那堵墙的旁边，到黑色边框里的通告前看自己，让他再思考——在费弗之后——'这一天'中的无量的痛苦，然后跳过去：从黑跳到白。"

莫弗把顽固的额发从眉毛上拨开。

"我会做的。另外，我会通过来自今天聚会的第一个主题，快速起步去到跳板——按照你的命名。让它搞一场套袋赛跑吧。我有一个星期。但愿我会做到。"

6

距离下一个周六每近一天，我就更加纠结于自己的猜想和推测。应该怎么看待拉尔所说的"我要走了"？这是针对费弗的一个简单的姿态，还是更加强烈、更进一步的抗议？这是一个坚决的决定，还是一时的冲动？拉尔要避开的是什么——10万个，还是6个？我回忆起他苍白的、目光充满自我审视的脸，略带慌乱的、似在撤退的脚步。也许他需要我的帮助？我不再疑惑是否要去了。另外，那些周六聚会的引力，空白书架的旋涡，"无书"的黑色诱惑，甚至已经开始影响到我。

一直等到那一天，那个时刻，我又走进了字母杀手俱乐部。初春雾蒙蒙的暖意笼罩在被压实了的雪地上，从屋顶垂下的冰凌开始解冻，在人行道上滴出一个刺青般的图案。推门进入会议室，我第一眼就看到拉尔的座位空着。其他人都来了——除了他。

同往常一样，钥匙咔嗒咔嗒地转了一圈又一圈，似乎要把这个摆满黑色书架的房间同世界隔绝开来。我感到脑子里传来短促而温暖的一震。

将要发言的莫弗紧张地扫视了几眼这块有一人缺席的

场地。然后泽斯做了个手势——莫弗转头面向黑洞洞的壁炉
（春天到了，壁炉停了），努力集中心神，开始讲述。

在光线昏暗的家谱室的门边，有人发现了马克·李锡尼
乌斯·塞普特。他死在一堆展开的卷轴里。

塞普特的奴隶曼利乌斯和老跛子阿西迪乌斯把尸体抬到
家谱室的石椅上，迅速给他穿上最好的、饰有红边的托加长
袍^①，洗掉他脸上和嘴边的血沫子，掰开紧咬的牙关，塞进一
个欧布^②，开始准备葬礼。

两个年老的职业哭丧人嗅到了死人味，已经在敲打后门
的铜门环；在小庭院里，断断续续的喷泉旁边，阿西迪乌斯
在与他们的尖嗓门争论，试图砍掉至少十个或二十个塞斯特
斯^③：马克·塞普特生前已经家道败落，他必须省着点用。

曼利乌斯跑出去订棺材，买许可证，安排打火把的人，
通知死者的三两个朋友。马克·塞普特贫穷而孤独，整日埋
首于纸莎草和蜡版文献中，回避亲密的友情。曼利乌斯打算

---

　　① 托加长袍（toga）是最能体现古罗马男子服饰特点的服装，它是一
段呈半圆形、长约 6 米、最宽处约有 1.8 米的羊毛制成的兼具披肩、饰带、
围裙作用的服装。

　　② 欧布（obol），古代希腊银币，古希腊人习惯将其放在逝者嘴里，
以之祈求黄泉路上顺利。

　　③ 塞斯特斯，古罗马青铜币。

在天黑前完成任务。

但是尸体不能再不处理了：可能会引来恶鬼或者游荡的幽灵。

"嗨，法比亚！法比亚，你在哪儿？又到街上去了，你个淘气包。快来这儿，拿这把凳子，坐到主人脚边上。别害怕，因为他面色苍白，不会动弹——主人已经死了。哦，你还太小，理解不了死：安静地坐在这儿，直到阿西迪乌斯同那两个老女人砍完价。我很快就回来。"

六岁的法比亚自己有重要的事情，如果她父亲没有那么严厉，她永远也不会去那个灯光昏暗的房间。外面，街角另一边，一个小贩站着叫卖他盘子里的枣椰子、葡萄干、无花果：就算看看也美极了啊。而在这里……

法比亚把腿蜷到凳子下面，开始听。家谱室里很安静，本来有一只蓝色苍蝇正发出嗡鸣，现在也渐渐止息；可是就算透过墙，她也能听到小贩的叫卖声："枣椰子，枣椰子——一欧布一串。买甜甜的枣椰子啦——一欧布——只要一欧布……"

"哦，要是出去多好。"法比亚的小心脏开始怦怦直跳，她舔了舔鲜红的嘴唇。

马克·李锡尼乌斯·塞普特静静地躺着，僵硬的嘴唇咬着那个欧布，也听着。被死亡变得轻盈的听觉飘悠悠地穿过哭丧人的声音、小贩的喊声，继续——穿过街头的嘈杂与喧嚣；继续——穿过大地的巴别塔。他清晰地辨认出远处冥河摆渡人喀戎的桨声，还有幽灵召唤他去往冥河黑水的悲哀低语。死去的塞普特能够听到星星的脚步踩在遥远的轨道上，也能听到字母在仍然散落于地板的卷轴中躁动不安、窸窣作响。他关于冥河的沉思与坐在他旁边的奴隶之女小法比亚的念头截然不同。他呆滞的瞳孔透过幽暗，看到孩子明亮的蓝眼睛和扑闪的睫毛：看到生命。从这时起，他的瞳孔被阴影逐渐吮吸殆尽。

喀戎的桨声更近了。

"甜枣椰子，干枣椰子——一个欧布，只要一个欧布。"

"哦，朱诺，众神的女王，如果我有……"法比亚低声说。

拼尽逐渐僵硬的肌肉中的最后一丝力气，马克·李锡尼乌斯·塞普特松开牙关（由于太过用力，他眼睛周围的迷雾变浓了——遮住了孩子、墙壁和整个大地）；那枚崭新的铜欧布从口中滑出，滚过地板，轻微地叮当一响，停在睁大眼睛的法比亚脚边。她把腿抬高、蜷起，呼吸沉重。一切寂静无声。一动不动的主人苍白而平静的脸冲她露出亲切的微笑。法比亚伸手去够那枚欧布。

枣椰子好吃。马克·李锡尼乌斯·塞普特下葬时没有含欧布：人们疏忽了。

塞普特的时辰到了。他升到大地之上，他穿过轻声怨诉的幽灵，滑向死者的居所。他身后是仍在讨价还价的哭丧者尖利的嗓门和有节奏的喊叫，身前是黑浪翻涌的冥河。

到河岸了。哗啦啦的桨声——听！近了。更近了。一块树皮撞上岸边。蹒跚的幽灵快步奔向发声之处：塞普特跟着他们。老喀戎一只脚踏在岸上。在血红的电光中，他的脸闪烁不定，而后又变得暗淡。在那张脸上，有突出的下巴、蓬乱的黑色胡须、贪婪的目光。喀戎用一只颤抖的手摸索鱼贯而入的死人的嘴，欧布像流水一样叮叮咚咚地落入他屁股上的皮袋子。

"欧布，"摆渡人问，"你用来渡河的欧布呢？"

塞普特说不出话。喀戎用桨一推，满载幽灵的小艇漂走了。塞普特被留在空寂无人的死亡之滨。

在尘世，白昼跟着黑夜，黑夜跟着白昼，白昼又跟着黑夜。但在冥河的黑水边，黑夜跟着黑夜跟着黑夜。没有破晓，没有日中，没有黄昏。摆渡人的小艇千百次系泊，千百次解缆，马克·塞普特仍然孤零零——在生命与死亡之间。每次听到小艇划水而来，他就跑去水边，但悭吝的喀戎每次都把他推开。就这样，没有带欧布的塞普特一直在黑水之滨流浪：从生命中离去，却又被死亡拒绝。

他向行色匆匆的幽灵讨要欧布，但他们只是用冻僵的嘴唇将自己的冥河渡船费咬得更紧，然后就飘走了。黑暗在他们身后闭合。塞普特知道他的乞求是徒劳的，转而面向大地。他开始等待，年复一年，等待他赠予死亡欧布的那个小女孩。

枣椰子甜——但生命苦涩，装满不幸。主人猝死后，奴隶之女法比亚被转卖了四次。她成了一个漂亮的蓝眼睛女人，男人们亲吻她的嘴唇，爱抚她的身体。她就这样从手到爪子，从爪子到触须。悲哀溜进她的蓝眼睛，再也没有离开她未被售卖的灵魂。时间一年年滚动，像一枚磨损的欧布落到地板上。她的身体的最后主人，老总督盖乌斯·瑞吉狄乌斯·普利思库斯，对这位小妾很慷慨。法比亚睡在大理石长椅上，熏香缭绕，有人打扇，但她曾三次被一个执拗的怪梦造访：黑水轻拍堤岸，一张熟悉又亲切的脸，僵硬的嘴痛苦地被迫张开，悲哀的低语远远地飘了过来：欧布——还我欧布——我的死亡欧布。

法比亚捧满欧布发给穷人，赠给教堂，但那幻象并没消失。

总督瑞吉狄乌斯死了。法比亚作为财产之一，被转给继承人。继承人的仆人来到她门前，紫色的窗帘后面无人应答。他们走进去，法比亚躺在大理石长椅上，胳膊摊开，似乎在等待拥抱。经过必要的手续，财产清单上的第五号物品被划掉了：自杀者公墓接纳了这具新尸体。

马克·塞普特认出了那个走近的幽灵：她在死者的行列中滑行，头往后仰，清秀白皙的胳膊张开着，似乎在等待拥抱，在苍白的嘴唇中间，一枚欧布的半圆形轮廓闪闪发亮。小艇出现了。塞普特拦住法比亚的去路。

"你认得我吗？"

"认得。"

"我一直在这儿等你——年复一年——在生与死之间。把我的欧布还给我，我的死亡欧布。"

然后……

故事突然中止，似乎它的去路也被拦住了。

"然后，"莫弗重复着，慢吞吞地扫视一圈听众，"黑格，比方说，人们应该怎么处理那个'然后'呢？"

黑格露出惊讶的表情，不超过一秒。他把胳膊和下巴往前一探，接住这个问题，开始一个词推着一个词地讲起来："对于你说的'然后'，人们不需要去找一个'何时'。那没有用。你已经把你的主题引进了一团神秘的雾，在那里面，弄丢开头比找到结尾更容易。找到你自己的路出去吧。我不会走近你的冥河。"

"你呢，达斯？"莫弗继续发问，看不出是开玩笑，还是认真的。

达斯摇摇圆眼镜。"我的好穆弗——哦，不好意思，莫弗——我会这样处理你的幽灵：一个欧布两人用。总比没有强。这样付钱后，喀戎让法比亚和塞普特上船。但是走了一半，正到河中央的时候，那个神圣的财迷对他俩说：'你们只付了半价。'冥河艄公可怕的桨就要打到他们身上，你的主角们被迫跳船——直接加入了被欧里庇得斯和阿里斯托芬颂赞过的著名的冥河青蛙，和它们一起发出神圣的呱呱叫声。这就是他们应该待的地方。"

莫弗点头致谢，转向下一位："费弗？"

"对于肺里盘踞着一只冥河青蛙的人来说，一条绕着死亡流动的河的底部并不总能激发欢笑。问下一位吧。"

但下一位，泰德，不等莫弗喊他，就把椅子往前挪，近到与莫弗促膝相对，然后开口道："我认为我能猜到你的——或者我们的——结尾，莫弗。'然后'……等一会儿——然后法比亚俯身凑近塞普特，嘴里的欧布闪闪发亮。塞普特焦渴的嘴凑上去。先是他们的唇融合，然后是灵魂。欧布掉落，消失在阴阳世界之间的黑水里。小艇离开，没载他俩。两人留在死亡与生命之间，因为这就是爱的意义……理解吗？我想知道泽斯的说法。"

"我说，"泽斯懒洋洋地回答，"与其发明结尾，不如重新思考开头：我会用大不一样的方式构造它。"

　　"为什么？"

　　"我不知道。也许因为我是一个……一个紧紧咬住牙齿中间的欧布的人。下周六我的故事将说明我的话：对所有人，直到最后。"

7

回到家，我端坐了很长时间，回忆这一晚上的反转。连续的形象不时被拉尔的空椅子打断。他会怎样处理"死亡欧布"呢？我开始思考他上一次聚会时退场的原因。奇怪，上一周一直折磨我的不安宁静了、平息了。那不再像是一个偶然的举动。拉尔与这个团体明确地决裂了。那就更好了。我的计划是这样的：再参加一次字母杀手俱乐部，彻底弄清楚拉尔的决定，谨慎地套出他的真名，如果有可能，问到他的地址。

这一整个星期，我都觉得有点不舒服。我没有离开房间。窗外，冬天正做垂死挣扎：雪变黑、沉陷；发臭的池塘里，泥块呆滞地仰望；乌鸦弓着背停栖在光秃的树上，像是在等腐肉；融化的水滴喃喃自语，像有人在镀锡窗台上读赞美诗。

随着我的撕扯式台历六次改变数字，我看到周六的字样。

靠近傍晚，在通常的时间，我出发去参加聚会。我一步一步慢慢地走，思考着如何以及向谁提出关于拉尔的问题。走到那房子附近，我看到一个人从大门台阶上冲下来。从摇摆的斗篷和压低的帽子下面能看出是泰德——我想要喊他，但不知道该怎样喊。他闪过房子拐角。我迷惑地爬上台阶，按门铃。门直接开了：泽斯的脸露出来，小心地往周围窥看。我想要进去，但他拦住了我的去路。

"聚会取消了。你听说拉尔的消息了吗？"

"没有。"

"好古怪。把枪管塞进嘴里……明天出殡。"

我太震惊了，既不能问又不能答。泽斯将脸凑近我。

"没关系。我们会暂停聚会———两个星期，不会更久。警察会来探访。让他们来：搜寻空虚的人，不可能找到任何东西。你看起来很担心。不用。不管发生什么，你所需要的只是咬紧你牙齿中间的欧布。"

门砰的一声关上了。

我想要再按门铃——随后改变了主意。回到房间，我花了很长时间让自己摆脱恍惚的状态。我把椅子拉近桌子，坐下来，愚蠢而茫然地凝望窗外漆黑的夜晚。墙上的钟摆一直在咔嗒响。

我已经不再期待周六了：它们自己来了——一个接一个——五个周六。我试图把它们从脑子里赶走，但它们不走。然后我伸手拿墨水瓶，拧开盖子。那些周六冲我点头——偶尔，它们的嘴唇翕动，开始口述。笔几乎跟不上。词语突然从全部五张嘴里涌出，在钢笔尖的缝隙里推搡，又饥渴，又不耐烦，它们狂吞墨水，让我晕头转向，从这一行到下一行。黑色书架的空无突然振作起来：我所能做的就只有记下奔涌的形象。

现在，第四个夜晚已被耗尽。我的词语也已几乎用尽。我的习作生涯——开始得如此出乎意料——将会初生即死。永远不要再生。作为一个作者，我非常笨拙，真的——我并不擅长把弄词语；是它们在把弄我，把我征用为一件复仇的武器。既然它们的意志已经达成，我也就会被抛弃。

是的，这些墨迹犹湿的纸张教给我许多：词语是恶毒的、顽强的——想要杀死它们的人，会被它们更早杀死。

是的，这就是全部，我的笔墨已经见底。我又没词儿了——永远。这四个夜晚的狂喜已经从我身上取走了一切：我被挖空了。但我还是写下了少数几个瞬间——只因短暂，才得留存——它们摆脱了我的轨道，走出了我的"我"！

在此——我要归还词语；全部归还，除了那一个：生活。

1926 年